弱キャラ友崎くん Lv.8.5

The Low Tier Character "TOMOZAKI-kun": Level.8.5

屋久ユウキ
Yuki Yaku Presents
フライ
Illustration Fly

三姉妹

「私たち……
酔っぱらい同士だね？」

チョコレイト・ディスコ

The Low Tier Character "TOMOZAKI-kun": Level.8.5

CONTENTS

Design Yuko Mucadeya + Caiko Monma
(musicagographics)

友崎くん 弱キャラ

キャラ紹介

屋久ユウキ

Yuki Yaku Presents

フライ

Illustration Fly

The Low Tier Character "TOMOZAKI-kun": Level.8.5

Lv.8.5

友崎文也（ともざき・ふみや）
高校二年生。弱キャラ。

日南葵（ひなみ・あおい）
高校二年生。学園のパーフェクトヒロイン。

七海みなみ（ななみ・みなみ）
高校二年生。ムードメーカー。

夏林花火（なつばやし・はなび）
高校二年生。ちっちゃい。

泉優鈴（いずみ・ゆず）
高校二年生。いけてる系女子。

菊池風香（きくち・ふうか）
高校二年生。本好き。

水沢孝弘（みずさわ・たかひろ）
高校二年生。美容師志望。

中村修二（なかむら・しゅうじ）
高校二年生。クラスのボス格。

竹井（たけい）
高校二年生。ガタイがいい。

成田つぐみ（なりた・つぐみ）
高校一年生。色々とフリーダム。

紺野エリカ（こんの・えりか）
高校二年生。クラスの女王。

レナ（れな）
二十歳。お酒好き。

弱キャラ
友崎くん

The Low Tier Character
"TOMOZAKI-kun";

1
ファースト・クリスマス

関友《せきとも》高校文化祭の翌日。大宮《おおみや》のお好み焼き屋。

「ええっと！　そ、それではみなさん！　お集まりいただきありがとうございます！」

集まった二十名強のクラスメイトの前で、泉《いずみ》が挨拶《あいさつ》をしている。

「えー、我々二年二組は！　漫画喫茶も演劇も大成功ということで、非常に満足のいく結果となりまして……」

「優鈴《ゆず》ー！　堅すぎ堅すぎー！」

「え、えぇー!?　えーと……」

緊張からか校長先生の挨拶みたいな感じで話す泉に、柏崎《かしわざき》さんから突っ込みが入る。泉は焦《あせ》ったように目を泳がせると、自分の左の手のひらをじっと見てうんうんと頷《うなず》き、再び話しはじめた。絶対あそこになんか書いてある。

「ほ、本日は文化祭の打ち上げとクリスマスパーティを同時開催と言うことで……皆さん無理なくお楽しみいただければ……えーと」

「だから堅いってー！」

「え、えー……！」

おそらくは練習してきたか、もしくは手に書いてあるセリフをそのまま言っているであろう泉は、ギャラリーの声に追い詰められていく。

「寒くなってきてお体も……えーと」

「がんばれー！」

「……あーもう!!」

やがて、やけくそ気味に片手に持っていたグラスを高くかざした。

「と、とりあえず！　か、かんぱーい!!」

「「かんぱーい！」」

そんなぐだぐだな泉らしい音頭を合図に、ソフトドリンクの入ったグラスが軽くぶつかり合う音が響く。

十二月の二十四日、クリスマスイブ。

俺たちは関友高校文化祭の打ち上げに参加していた。

乾杯をきっかけににわかに盛り上がりはじめた会場で、総勢二十人くらいのメンバーが宴《うたげ》を始める。みんなはそれぞれなんとなく仲のいいグループで集まり、六カ所の鉄板が設置された長いテーブルについていた。

「よぉーっし！　今日ははしゃぐよなぁ!?」

ちなみに俺の右隣にいるのは運悪く竹井《たけい》で、すぐ横からめちゃくちゃでかい声が聞こえてきている。俺が眉《まゆ》をひそめると、竹井はコーラを飲みながらご機嫌に腕を俺の肩へ回した。

「ワンちゃんももちろん、今日はハメ外すよなぁ!?」

「竹井うるさい」

「ひ、ひどいよなぁ!?」

俺は竹井《たけい》に関してはもう遠慮がなくなってきたため、感じたことを素直に言葉にしてやる。ちょっとぞんざいな気もするが竹井だから丁度《ちょうど》いいだろう。

俺と竹井の正面には水沢《みずさわ》と中村《なかむら》がいて、その隣には橘《たちばな》や橋口《はしぐち》恭也《きょうや》などのスポーツマン系グループの面々が並ぶ。俺の左隣には同じくスポーツマングループの松本大地《まつもとだいち》がいて、こう見るとこのエリアで俺だけ明らかに戦闘力が低いのがわかるけど、アタファミなら俺が圧倒的に戦闘力が高いのでドローだ。

「あっはっは、友崎《ともざき》竹井に対してひでえ」

隣の松本が言う。なんかすごいフランクに話しかけられたので俺は「そ、そうか?」とちょっと戸惑《とまど》いながら返した。なんかこっちの心の準備はできてないんだけど、中村たちと一緒にいることによってスポーツマングループにも自然に受け入れられるようになってきてるんだよな。友達の友達は友達理論は俺にはまだ早いからやめてほしい。

ずらっと長い席に座ったメンバーはなんとなく男女に分かれていて、中村率いるリア充パワーによるものなのか、男女の境目はこのグループの近辺にある。日南《ひなみ》、みみみ、柏崎《かしわざき》さん、瀬野《せの》さんらを含む日南グループが竹井のすぐ横にいて、そこに実行委員長として泉《いずみ》も出張しているかたちだ。

「優鈴《ゆず》っちもおつかれー!」

「うん！　ありがと竹井！」

「優鈴っちもはしゃぐよなぁ!?」

「う、うん!?　もちろん!?」

俺の塩対応にもめげずに、竹井は右隣に座る泉に意気揚々と声をかける。泉は優しいので竹井にもきちんと対応してあげているようだ。器がでかい。

「よーっし！　今日はどんどん飲むよなぁ!?　おかわり！」

「それソフトドリンクだけどね!?」

コーラで酔っ払いみたいになっている竹井に、泉が突っ込む。

「お、じゃあ竹井イッキか？」

「まかせろ――――!!」

中村が煽《あお》ると竹井はノリノリで応じて、二人の隣に座る日南と泉もやや困り気味ながら笑って手を叩《たた》く。いやイッキって言ってるけどそれコーラだからね。飲んでも酔うどころか血糖値あがるくらいだぞ。こいつら大学生とかになったらタチの悪い飲み方しそうだな。

「監督さん、引いてんねえ」

不意に、正面から声が聞こえる。目を向けると声の主は水沢で、俺と視線が合うとにっと笑った。相変わらずうさんくさい笑顔だ。

俺は軽く笑みを返すと、首を横に振る。

「えーと……ああいうノリにはついて行けんわ」

「ははは。だろうな」

言うと、水沢《みずさわ》はなにか眩《まぶ》しいものを見るような目で竹井《たけい》たちを見ている。

「俺もああいうのはあんまり」

「水沢も？　へえ、意外」

「そうか？　俺はああいう柄《がら》じゃねーだろ」

「ああ……まあそうか」

たしかに水沢は中村《なかむら》グループに所属してはいるものの、こういうときはわりかし冷静だよな。子供みたいにはしゃいでいるところはあんまり見たことがないというか、まあこのグループに水沢がいないとどこまでも暴走していきそうだから、丁度《ちょうど》いいと思う。

「にしても文也《ふみや》」

「うん？」

「──演劇。面白かったぞ」

「おう……ありがと」

一転して真剣なトーンで言う水沢の表情は、どこか他人事のように冷静だった。

文化祭。菊池《きくち》さんの脚本で行われた演劇は、身内びいきを差し引いても大成功に終わって。

その余韻《よいん》は二日間経《た》ったいまも、俺の心のなかに残っている。

「……っていうか面白かったぞって、水沢も演者の一人だろ。それも主演」

俺が突っ込むように言うと、水沢はおどけるように片眉《かたまゆ》を上げた。

「まあそうだけどさ。俺はあくまで脚本のままに動いてたキャラクター、ってだけだし」

「キャラクター……ねえ」

水沢からその言葉が出てくると、つい構えてしまう。

プレイヤー目線と、キャラクター目線。

夏休みの合宿以来、水沢と話すときは常につきまとう視点だ。

「あ、つってもそういう意味でのキャラクターじゃねーぞ？　今回戦ってたのはむしろ、お前なわけだし」

「……そう、だな」

俺は言葉を途切れさせながらも、それを肯定する。

なにせ菊池さんが『理想』に向けて自分を変えようとしたとき、そしてそれでどこか空回りしはじめたとき。俺は水沢に相談に乗ってもらい、迷いに答えを出すための大きなヒントをもらった。ならきっと、ここで言葉を濁《にご》すのは筋が通らない。

プレイヤー目線の自分を変えようとしている水沢の目線がなければ、俺はきっと、菊池さんの理想のなかに隠れていた感情に気がつくことができなかっただろう。

そして、だからこそ。

俺はそこにもう一つ、言葉を付け足す必要があると思った。

「戦ってたのは——菊池《きくち》さんも」

俺がはっきりとした口調で言うと、水沢《みずさわ》は感心したように笑みながら。

「たしかにそうだな」

いつもの余裕のある態度で、ちらりと視線を菊池さんのほうへと向けた。参加自由の打ち上げに勇気をもって来てくれた菊池さんは女子側のテーブルの端のほうに座っていて、隣に座っている女子と遠慮気味に言葉を交わしている。

「変わったもんな、あの子」

「……おう」

俺はなぜか自分が褒《ほ》められたみたいな照れた気持ちになって、耳の後ろをぽりぽり掻《か》いてしまう。

「けどまあ、よかったよな」

「よかったって？」

俺が聞き返すと、水沢は余裕を持った表情で、

「最終版の脚本読んだときはどうなることかと思ったけど……くっついたってことは、そのあとうまくやったんだろ？」

まるで脚本に込められた意味をすべて理解しているかのような言葉に、俺は尻込《しりご》みする。

演劇『私の知らない飛び方』。

俺と菊池さんの人生観が詰め込まれた、二人にとって特別な脚本。

「えーと。ど、どこまでお見通しなんだ……？」

「さあ。カマかけてるだけかも」

「あのな……」

相変わらずの飄々《ひょうひょう》とした態度に振り回されながらも、俺はもう少し話を聞きたいと思った。なにしろ俺はまだ、あの脚本について、キャラクターについて、結末について——その感想を誰《だれ》にも聞けていない。

あの演劇がどう受け取られたのか、単純に気になっていた。

「脚本、やっぱりいろいろ気づいた？」

「もちろん。俺って頭いいし」

「わかったわかった」

水沢の無駄な自分上げを流しつつも、俺は興味を惹《ひ》かれる。こいつはなんというか、俺が真剣に話したことを茶化すことはあっても、根っこから馬鹿《ばか》にすることは決してないからな。

「どう思った？　……読んだとき」

すると水沢は口角を上げたまま一瞬だけ迷って。

「まーあれだな。一個あるのは……あの役を俺にやらせるって、文也《ふみや》ちょっと残酷じゃねってことだな」

「ざ、残酷?」

思わぬ言葉に俺は驚く。

「だってさ、たしかに俺が演じたリブラって、まあ、葵《あおい》とくっつく役ではあったけどさ」

水沢《みずさわ》はわざとらしく片眉《かたまゆ》を上げながら。

「リブラって、文也《ふみや》だろ」

「……やっぱ気づくよな」

断言されたら否定はできない。みみみも気づいていたように、間違いなく『私の知らない飛び方』は菊池《きくち》さんの物語で……そして、リブラは俺だった。

水沢は、だろ?と得意気に笑いながら、ため息をつく。

「お前は知ってる……っていうか、聞いてたわけだろ? 合宿で、俺と葵が話してたこと」

「ま、まあ……すまん」

「いや、そこは別に謝らなくていいんだけどさ」

水沢は視線をちらりと一瞬だけ日南《ひなみ》に向け、また俺へ戻した。

「なのに、その文也と葵がくっつく物語を、俺と葵が演じてるって、なあ?」

「う……」

「さすがに孝弘《たかひろ》くんかわいそーう」

そしてからかうように笑いながら、俺を見た。

「す、すまんって……」

「ははは！　なんてな、別に気にしてねーよ」

そして、水沢はさらっとした口調で。

「ある意味お前がうらやましいよ。脚本とはいえ……普通あそこまで人の柔らかい部分に踏み込もうとしねーからさ」

そう言う水沢の表情はどこか儚《はかな》げで。

「本気の本気だった、ってことだよな。……二人とも」

けれど、その奥にはなにかを追いかけるような熱が灯《とも》っている気がして。

俺はそれに応《こた》えるように、本音の言葉をぶつけていく。

「向き合ったからこそ、付き合うことの理由を見つけられたんだよ」

「……そうか」

真《ま》っ直《す》ぐに伝えると、やっぱり水沢は茶化さずに聞いてくれて、俺をただじっと見ていた。

やがて表情を崩すと、少し砕けたトーンでこんなことを言う。

「ま、よかったよ。あんだけ本気で向き合ってた二人が作った物語の最後が……その二人が付き合わない未来、ってオチだったんだからさ。一時はどーなることかと」

「そ、それは心配をかけた」

「最終、結果オーライだけどな。よくやった文也《ふみや》。これも全部俺のおかげだな」

「おい。なんでそうなる」

さらっと入れ込まれた自分上げに、ツッコミを入れざるをえなかった。これも漫才の練習の成果か。

「え？　だって喋《しゃべ》り方も俺の真似《まね》してるって言ってたし、いろいろとお前にアドバイスしたと思うんだよなぁ」

「そ、それはたしかに……」

俺が困ると、水沢《みずさわ》はくくくと楽しそうに笑う。こいつはこういう厄介なところが日南《ひなみ》に似ている。

「全部は言いすぎにせよ、三割くらいは俺のおかげだな」

「否定しづらい割合を出してくるな」

俺はまた抜け目なく突っ込む。

けど実際いろいろ考えてみるとトータル三割くらいは水沢に助けられてる気がしてくる。こうして俺は恩を売られてゆくのだ。

「ま、俺はほんとに祝福してるのよ」

「……おう、ありがと」

やがて水沢はふと視線をどこかへ逸《そ》らしながら、こんなことを言った。

「だから、さ。長続きしてくれよな。……俺のためにも」

「え？　それはどういう――」

俺が意味を尋ねようとすると、

「――なになにー!?　タカヒロ、ワンちゃんなんの話ー!?」

突然、隣で女子グループとワイワイやっていたはずの竹井《たけい》が、突然こちらの会話に入ってきた。水沢はスイッチを切り替えるように表情を変え、竹井のほうを振り向く。

「ん。こないだの演劇。すげー感動的な話だったな、って」

「あー!!　それ話したかったっしょー！　いい話だったよなぁ……」

竹井の闖入《ちんにゅう》によって、さっきまでの一歩踏み込んだ空気感は薄れてしまった。俺のためにも、ってどういう意味か、ちょっと気になったんだけどな。

しかしそれをきっかけに近くにいた日南や泉《いずみ》、みみみたちもこちらに視線をよこして会話に参加しはじめ、すっかりその詳細を聞く空気ではなくなってしまう。うーん、まあいいか？

「あ、私も劇の話したかったんだよね～！　めっちゃいい話だったもん！」

他意を感じない口調で泉が言う。

「名演技だったでしょ？」

「たしかに葵《あおい》、むしろちょっと怖かったです！」

日南の得意気な言葉に、みみみが笑いながら返す。日南もみみみも、あの脚本に含まれている裏の意味には気がついていたはずだけど、みんながいる場ではそれには触れない。

「あ、てかその話するんだったら菊池《きくち》さんも呼ぼうよ。菊池さーん！」

「え？　は、はい……！」

そうして泉《いずみ》によって菊池さんも呼ばれ、演劇の感想会で盛り上がりはじめるのだった。

＊＊＊

「私実行委員であんまり練習いけなかったからさ～！　あのフルカラーになるところ？　超感動した！」

「あそこね！　菊池さんのアイデアで、みんなでがんばって描いたんだよね？」

泉の素直な感想に、日南《ひなみ》が解説を入れる。

かと思えば柏崎《かしわざき》さんも興奮気味に、それに同意した。

「私もあそこ、泣きそうになっちゃった！　あれ考えたの全部菊池さんなんだよね⁉」

「えっと、はい、そうです……」

「すごいよ！　なんかわかんないけど、プロになれると思う！」

「そ、それは……ありがとうございます……」

リア充のまっすぐな言葉によってめちゃくちゃ褒《ほ》められ、菊池さんの声がどんどん小さくなる。そんな菊池さんに瀬野《せの》さんからの「私が好きだったのは……」という追い打ちが襲《おそ》い、さらに菊池さんの顔が赤くなっていく。

そんな様子を見ながら俺はまた、自分のことのように嬉《うれ》しくなってしまっていた。

だって俺や日南、水沢《みずさわ》やみみはあの脚本の裏の意味を察して、それも含めて物語を解釈していたから、きっと響いているだろうという感覚があった。

けど柏崎さんや瀬野さんの感動は——菊池さんが紡《つむ》いだ物語を裏読みなく、そのまま楽しんでくれたということなのだ。

それは菊池さんの言葉が、世界が。事情をなにも知らない人にも届いたということだ。

「水沢くんもずっと演技すごかったよね！」

「ははは。なんかやってみたらできた」

「あはは！　うざ！」

そうして話題は脚本から演技へとズレ、瀬野さんと水沢が楽しそうに喋《しゃべ》っている。なんか俺と喋っているときとは瀬野さんの目の輝きが違っていて、これがチャラ男の力か。

「けどさ。あれ、びっくりしなかった？」

そんな会話を元のルートに戻すように、日南が言う。その問いかけに、瀬野さんが首を傾《かし》げた。

「あれって？」

「――最後の展開。手紙のところ」

さらりとした口調。その言葉に、水沢《みずさわ》とみみみがピクリと反応するのが見えた。俺はきっと、それ以上に反応してしまっていただろう。

「最後のって……アルシアとリブラの？」

「うん」

みみみの問いかけに、日南《ひなみ》は端的に頷《うなず》く。他意が含まれることを拒絶するかのように色のないトーンの言葉は、俺の耳には不自然に響いた。

裏の意味を理解する人にとって、その話題が持つ意味は大きい。だってあのシーンはある意味、菊池《きくち》さんが一度俺を拒絶する意思を示し――そして、日南と俺が結ばれることを理想とした。そんなシーンなんだから。

「あー。あれね」

水沢が怪訝《けげん》な表情で無難な相づちを打つ。みみみは日南と俺の表情を交互に見て、あははーと笑顔を作った。話をどう持っていくべきか、悩んでいるのだろう。

当の日南はじっと笑顔のまま、菊池さんのことを見ている。こいつはなぜここで急に、最後の展開にスポットを当てたのか。

みみみと水沢があのシーンの意味を理解していることは日南もわかっているだろうし、ましてやそこに当人の菊池さんと俺がいる。なんなら日南にとってこそ、あのシーンに示されたメッセージは重いはずだ。

「わかる！　私はクリスが好きだったから、最後に結ばれて欲しかったなあ」

「ほんと？　けど私はアルシアがひとりぼっちになっちゃうのはかわいそうだから、あれでよかったと思う！」

柏崎《かしわざき》さんと瀬野《せの》さんが、感情豊かに言う。事情を知らない二人の感想で空気が薄められ、感じていた重苦しさが少しだけ薄まる。

「あそこは……答えを出すのが大変でした」

菊池さんは二人の感想にはにかみながらも、その視線は一瞬ちらりと俺に向く。目の前にキャラクターのモデルとなった人物が勢揃《せいぞろ》いしているのだから、言葉に困るのも無理はない。

「けど私は、お話のなかではそうするべきなのかな、って思って……ああしたんです」

「お話のなかでは、かあ」

素早く言葉を挟んだのは日南で、その言葉のなかにパーフェクトヒロインとして以上の意味が含まれているのかは、俺にはわからなかった。

と、そのとき。

「でもさ……たしかに、思わされちゃったんだよな」

水沢の視線が真っ直《ま》ぐ《す》と、日南を捉《とら》えた。

「思わされたって？」

押し返すように視線を返して、日南《ひなみ》が問い直す。

すると、水沢《みずさわ》は日南をじっと見たまま——こんなことを言った。

「たしかにあの結末は正しいかもしれない、ってさ」


俺はその言葉が指す意味を理解できた。けど、だからこそどうするべきなのかわからなかった。だって、リブラとアルシアが結ばれる結末が正しいということは、つまり——。

みみみも迷ったように菊池《きくち》さんを見ていて、当の菊池さんは困ったように俺を見ている。

そこで口を開いたのは、日南だった。

「んー。そう？　私はちょっと迷うけど」

「へえ。それはなんで？」と水沢だ。

「だって、アルシアは王女として強くあろうとしてたわけでしょ？」

日南は確信を持った口調で、それを言う。もちろん日南だから、言い方やトーンで言葉の端々は丸くなっていたし、聞いていて不快になるような言葉も含まれていない。

「あの結末だと、アルシアが王女として誰《だれ》よりも強く正しくあるってことが、間違ってたみたいだなーって」

けど、どうしてだろうか。

「アルシアは最後にリブラと結ばれたけど、たぶんアルシアは、それじゃ強くいられないのかなーって思ってさ」

俺の耳にその言葉は、菊池さんの描いたアルシアというキャラクターを、正面から拒絶したかのように聞こえていた。

「……まーたしかにその気持ちもわかる！」

柏崎《かしわざき》さんが日南の言葉に同調した。

その言葉に日南は明るい笑顔を返すと、人なつっこいトーンで。

「でしょー？　でもクリスルートが正解かって言われたらそれも難しいし、脚本って大変だよね！」

「やばい！　想像が膨《ふく》らむ！」

そうして日南と柏崎さんが柔らかく会話を進め、出遅れた俺たちは、掠《かす》めたかに思えた核心めいたものを、すぐに見失ってしまう。

「それからあの飛竜のシーンって……」

そうして会話は徐々に単純な感想へと移っていき、結末や物語の意味についての話題は終わってしまった。おそらくそれがこの場で行われる自然な会話だと思うし、そこに文句はない。

けど俺は、流れていく場のなかで会話に参加しつつも、考えてしまっていた。

水沢の問いかけ。日南の答え。

アルシアに対する、拒絶の言葉。

もしもあの物語が、テーマが。日南《ひなみ》にとっての不正解なのだとしたら。

あいつにとっての『理想』とは一体、なんなのだろう?

＊＊＊

数十分後。打ち上げも後半。

「おつかれ」

俺はテーブルのもとの場所に戻って一息ついている菊池《きくち》さんに寄り、声をかける。テーブルでは何度か自由な席交換が行われ、メンバー入り乱れつつ自由に会話が交わされていた。

「友崎《ともざき》くん」

菊池さんはこちらに振り向くと、安心したような表情を見せる。俺はそれだけでなんだか嬉《うれ》しくなってしまい、自然と笑顔になってしまう。

「疲れた?」

俺が尋ねると、菊池さんはどこか興奮したように目を輝かせ、言葉を探しはじめた。

「えっと……」

やがて納得したように頷《うなず》くと、

「疲れたのもあるんですけど……」

「うん」

「すごく、嬉しくて」

言いながら、満足げに笑った。

「嬉しいって……あ、そっか」

そして俺はすぐに理解する。

「みんな演劇、楽しんでくれてたもんね」

「……うん」

菊池さんは噛《か》みしめるように、顔を赤らめながら言う。

「自分の好きなものを詰め込んだので……なんだか自分自身が認められたような気持ちになって。すごく、どきどきしてます」

「そっか」

俺は微笑《ほほえ》みながら菊池さんの話を聞く。

「人と話したり、仲良くするのが苦手でも……こういう関わり方があるんだなあって」

「……そうだね」

俺はゆっくりと微笑み、菊池さんの言葉を芯《しん》から肯定する。

ただ人並みに生きるだけでも大変な、このゲームのなかで。

本来は得意じゃないはずのルールのなかで。

自分を受け入れてもらうための、得意な戦い方を見つけられるというのは、それだけでとても美しいことだと思った。

「それで……私の好きなものを楽しんでくれたクラスのみんなとも、ちょっとずつ、仲良くなっていけたらいいなって思ったんです」

「あはは。そっか」

そして俺は少しだけ考えて。

「けど、無理はしなくていいからね」

「無理、ですか?」

俺は菊池《きくち》さんを否定しないように気をつけながら、優しく頷《うなず》く。

「脚本の話をしてるときも言ったけど……みんながみんな、周りに合わせて変わる必要もないし、友達を作らなくちゃいけないってことも、ないからさ」

「……うん。ありがとうございます」

菊池さんは優しく微笑《ほほえ》んだ。

「それでも菊池さんがそうしたいっていうなら、そうすればいいと思う」

「わかりました……考えてみる」

「なにか迷ったら、相談して」

菊池さんはどうしてか嬉《うれ》しそうに、けれど真剣なトーンで頷き、やがてもう一度俺を見ると、

「うん。……もちろんです」

どこか甘えるように言った。

俺はその一歩踏み込んだような言葉が嬉しくて、つい口元が綻《ほころ》んでしまう。

「あ、そうだ」

菊池さんは思い出したように声を上げ、照れ混じりに俺を見上げる。そして少し潤《うる》んだ瞳《ひとみ》で興奮気味に。

「友崎《ともざき》くん……メリークリスマス」

「あ。そっか」

そういえば、そうか。今日は十二月二十四日、クリスマスイブ。ってことはつまり――付き合い始めたのは一昨日とはいえ、俺と菊池さんが付き合ってから初めてのクリスマスイブということになる。

「うん。……メリークリスマス」

「……はい」

そして、言われて気がついた。

「ごめん、そういえばプレゼントとか……」

俺が主にマンガなどで得た知識『クリスマスイブに恋人はプレゼントを渡し合ったりする』

をもとに謝罪を口にすると、菊池《きくち》さんはううん、と首を横に振った。

「その……えっと、始まったのも、二日前のことですし……」

「そ、そうだね」

その始まった、という言葉。

それは俺と菊池さんが付き合い始めたのは、という意味で言っているんだろうけど、たぶん照れからなんとなく言葉が濁《にご》されて、それを感じ取った俺にも照れが伝染して、なんだかくすぐったいような、焦《じ》れったいような。

「えーと」

「う、うん」

お互い理解しつつも、なんとなく触れにくい空気。たぶん二人とも経験がないから、こういうときの正解がわからないのだ。

……だとしたら。

それをなんとかするのが男の役割ってもんじゃないだろうか。ソースは同じくマンガだけどな。

ということで俺は、じっと菊池さんを見る。

「えっと……けど、俺と菊池さんはもう、付き合ってるわけだしさ。これからたくさん、時間はあるから……」

俺ががんばって目を逸《そ》らさないようにして言うと、菊池さんは顔を赤らめながら頷《うなず》いた。

「そ、そうですね……えっと」

「うん」

そしてえい、と思い切ったように、こんなことを言う。

「……ら、来年はプレゼント交換、しましょうね」

「え」

菊池さんから飛び出したのは、一年後も付き合っていることを前提にした言葉で。俺はそのことに、頭が混乱するくらいドキドキしてしまう。ちょっと待って、ある程度いろんな場面で余裕を持ってコミュニケーションを取れるようになってきたと思ってるんだけど、やっぱ菊池さんはずるい。

「う、うん」

だから俺は言いながら、つい目を逸らしてしまいながら。嘘《うそ》っぽくなってないかな、と心配になり視線を戻すと、菊池さんはちょっとだけむっとしたように、俺のことを睨《にら》んでいた。

「……ですよ」

「え？」

そして菊池さんは顔を赤らめながら、俺に小指を差し出した。

「や……約束、ですよ」

髪の毛の隙間《すきま》からこちらを見上げる潤《うる》んだ瞳《ひとみ》、そして俺に差し出された白い小指。

それは天使による魔法というよりも、単に素敵な女の子による儀式で。

「うん。……わかった、約束」

だから俺は差し出された小指に自分の小指を絡めて、その子供っぽい約束を交わす。

どうしてだろう、もう何度か手を握ったりはしたはずなのに、こうして結ばれる小指と小指は、どうにも耐えられないくらい熱く感じて。

「――っ！」

お互いになにも言えないまま、顔を赤くした俺と菊池《きくち》さんは、おずおずと手を引っ込める。

「菊池さん、顔、赤い」

「と、友崎《ともざき》くんこそ！」

そして俺たちは顔を見合わせ、くすくすと優しく、笑い合うのだった。

＊＊＊

そして打ち上げは終盤。賑《にぎ》やかな時間はあっという間に過ぎていき、あとは集金して会計を済ますだけとなる。

「空《あ》いたー？」

「うん」

トイレから戻ってきた瀬野《せの》さんと入れ違いに、泉《いずみ》がトイレへと向かう。帰る準備と集金を済ませた人は席でだらっと話していたり、店の外に出て全員の準備が済むのを待っていたりと、自由な空気が流れている。

店内はみみみが「たま！　私とカフェデートに行ってください！　食べたいものが！」とかたまちゃんをナンパしていたり、中村《なかむら》と水沢《みずさわ》が竹井《たけい》の靴紐《くつひも》をほどく遊びをしていたりといつも通りの光景だったけど——。

そのとき、俺は珍しいものを目撃した。

「……ん？」

視線の先、女子トイレの近くに二つの人影。

そこに並んで立っていたのは、日南《ひなみ》と菊池さんだった。

「ふうん……？」

あまり見慣れない組み合わせ。それも、ただトイレの順番を待っているというより、二人でしっかりとなにか話しているような雰囲気《ふんいき》だ。なにか楽しく会話をしているという様子でもなく、どちらも真剣な表情をしている。

さっきも演劇の話で少し踏み込んだ話をしていたわけだし、その延長だろうか。けれど日南が俺以外のクラスメイトにあの冷静な表情を見せるのは、珍しいことのように思えた。

それから少しして、泉《いずみ》が女子トイレから出てくる。二人のそばを通って、荷物が置いてあるこちらにやってきた。

泉は俺の近くまで来るとちらりとだけ二人のほうを振り返り、怪訝《けげん》な表情をして俺を見る。

「ね、友崎《ともざき》。あの二人」

「……うん？　ああ」言いながら俺もまた目線を向ける。「なんか、珍しい組み合わせだよな」

するとどこか心配そうな口調で。

「あのさ、いまね」

「ん？」

俺が聞き返すと——泉が腑《ふ》に落ちないような表情で、こんなことを言った。

「なんか、菊池《きくち》さんが葵《あおい》に、謝ってた」

「え？」

それはまた、思ってもみなかった言葉。

「謝ってたって、なにを？」

「わかんない。けど、通ったときごめんなさいってだけ聞こえて、聞き耳立てるのはよくないなーって、そのままこっち来たんだけど」

「……そうか」

ただ二人が真剣に話しているというだけでも珍しいのに、謝ってた……？　俺の頭にはさっきの演劇に対する一連の会話がよぎるが、とはいえ謝罪についての具体的な理由までは想像つかず、ただぼんやりと二人の姿を眺めることしかできない。

やがて。

「あ。くるね」

「だな」

二人は話を終えたのか、並んで歩きながらこちらへやってくる。日南《ひなみ》の表情はさっきまでの真剣なものよりも緩《ゆる》んでいて、特に険悪なムードは感じられない。

するとと日南はなにもなかったような表情で俺と泉を見て、

「あ、もうみんな準備できた感じかな？」

「お、おう」

さらりと言う日南に流されて、俺は頷《うなず》いてしまう。

「了解！　それじゃあいこっか」

そして疑問を話題に出す隙《すき》すら与えてもらえずに、俺たちは四人で店を出たのだった。

＊＊＊

俺たちが店を出ると、そこでは予想外の盛り上がりが起きていた。

「うおおおお!!　雪だよなぁ!?」

竹井《たけい》が道に飛び出して、大騒ぎしている。

「雪……?」

俺と泉《いずみ》は顔を見合わせる。そして軒先から出て手の差し出してみると、そこには。

「え。ほんとだ」

俺は驚きながら、手のひらに落ちたそれを見つめた。

「待って!　まじで雪じゃん!」

泉も両手を掲げ、嬉《うれ》しそうに声をあげた。

「そっか……そういえば、そんな予報でしたっけ」

そして、俺も菊池《きくち》さんも、そっと空を見上げる。

暗くなったクリスマスイブの空。白く細かい雪が舞って落ちて、繁華街の光を反射しながら、俺たちにふわりと降り注いでいる。

「綺麗《きれい》」

日南《ひなみ》が微笑《ほほえ》みながら言う。その表情は優しく、どこか包み込むような慈愛《じあい》に満ちていて。

それが仮面の表情なのか素顔なのかは、相変わらずわからないけれど。できればこんなときくらいは、本心から感動してくれていればいいなと思った。

菊池さんはぼおっと空を見上げながら、手袋をつけた手のひらを上に向けている。その表情はいつもよりもほんの少し幼く、無垢《むく》な少女のようで。

やがて菊池さんは、ふんわりとした雪の結晶を、そっとひとつ捕まえた。

「……素敵です」

そして、ふっと白い息を吐いて笑いながら、俺を見上げる。

「うん。だね」

俺も頷《うなず》き、菊池さんに微笑みかけた。

いまはデート、というわけではないけれど。こうして菊池さんと初めて過ごすクリスマスに、雪が降る。それはきっとただの偶然で、言わば人生というゲームにおけるランダムエンカウントみたいなものでしかないかもしれない。

けど、どうしてだろう。

そのときの俺はなんだか、世界に祝福されているような気持ちになってしまっていた。

「――ホワイトクリスマスだ」

俺は気持ちを噛《か》みしめるように、ぼそりとつぶやいた。

「積もれー！　雪合戦したいよなぁ!?　……って、うおお!?」

しかしそんな俺の静かな感傷をぶっこわすみたいに竹井は大声ではしゃぎ、ついに濡《ぬ》れたマンホールに足を滑らせてめちゃくちゃに転んだ。

「痛いよなぁ!?」

なんだこいつは、完全に雰囲気《ふんいき》が台無しだ。

「……竹井《たけい》、うるさい」

「ひ、ひどいよなぁ!?」

だから俺はまた竹井に思ったことをそのまま伝える。

うん、竹井は暗い雰囲気のときには便利だけど、こういうときはめちゃくちゃ邪魔だね。

「うし。それじゃこの勢いで二次会カラオケいくか」

そんな中村《なかむら》の提案に、竹井も乗っかる。

「おお!?　いいよなぁ!?」

そして二人は遅れて店を出てきた俺たちを見ると、にっと笑う。

「お前らも来るよな?」

「え、なに、カラオケ?」

俺が突然の展開に驚くと、中村は当然みたいに頷《うなず》く。

「おう、これから」

「えーっと……」

言葉を濁《にご》らせる。別に断る理由はないし、むしろ雪で上がったテンション的に勢いで行っちゃってもいいくらいの気持ちもあった。けど、いま俺の横には菊池《きくち》さんがいて、そういうのに菊池さんが行きたがるのかどうかわからない。というかたぶん、抵抗があるタイプだと思う。

だとしたら、ここで菊池さんだけを置いていくわけにはいかない。

迷っていると、横から泉《いずみ》が注意するように言葉を挟んだ。

「はいはい修二《しゅうじ》、たしかに行きたいけど、時間」

「はあ？」

言いながら泉はスマホのロック画面をこちらに突きつけた。見ると、時間はもう二十二時。ちなみにロック画面はなにやらめっちゃスタイルのいい外国人女性の写真で、なんかやっぱり俺とは感性が違うなあとか思わされる。

「ったく……お堅いねぇ」

「いや、補導されるだけだから！」

中村と泉が言い合っている。なんかこうしてると雪をバックに喧嘩《けんか》するダメ夫と良妻みたいにしか見えなくて、一生やってろという気持ちになってくるな。

けどたしかに泉の言うとおり、埼玉県では二十三時を過ぎて高校生が出歩くことは禁止されている。それを超えると県のマスコットキャラ・コバトンにさらわれてしまう。

「ま、じゃあまた今度にしよーか。実質最後の冬休みだしな」

そんな二人を仲裁するように、水沢《みずさわ》がさらりと言った。中村は一瞬無言になるが、しかたないな、といったふうに頷く。

「はあ。まあ……じゃあそうすっか」

「ええー！　せっかくの雪なのに！」

中村《なかむら》が渋々納得しているのに対し、竹井《たけい》はよくわからない渋り方をしている。

「いや、カラオケと雪関係ないだろ」

「そ、それはそうだよなぁ……」

中村が言うと、竹井はぐぬぬと言葉を失った。竹井は納得するとこうして素直に折れるから憎めない。

そして俺はちらりと菊池《きくち》さんのほうを見る。中村たちは日南《ひなみ》や泉《いずみ》、みみみなども加えていつにしようかみたいな話し合いをはじめているけど、そういうところに菊池さんは行きたがるのだろうか。

「……どうする？」

「は、はい？」

「菊池さんもカラオケ、行きたい？」

俺は小声で菊池さんに尋ねる。すると菊池さんは少しだけ迷ったあと、真《ま》っ直《す》ぐと視線を向けて、こう言った。

「えっと。私は大人数はあんまり得意じゃないので……遠慮しておきます」

それは誘いを断る言葉だったけど、決して冷たい響きではなくて。

「うん。そっか」

「はい。けど、ああして演劇も楽しんでくれたみなさんのことは……とても好きです」

「……わかった」

だから俺はにっこりと笑って、菊池さんの意向を受け入れた。

それはきっと拒絶ではなく棲《す》み分けで——誰《だれ》しもが一つの空気に染まる必要はないという、優しい言葉なのだから。

「友崎《ともざき》くんは行って、楽しんできてくださいね」

「いいの？」

聞き返すと、菊池さんは頷《うなず》く。

「はい。だってみなさんは、友崎くんにとって大切な存在なんですよね？」

「……えっと、うん」

俺はストレートに言われて照れてしまいながらも、本音で答える。

「だったら、その時間も楽しんできて欲しいんです」

そしてにっこりと笑って、こう付け加えた。

「それでまた——素敵で楽しいお話を、たくさん聞かせてほしいです」

優しい声で話す菊池さんの表情は、晴れやかだった。

「うん。わかった」

だから俺は、真っ直ぐに菊池さんを見て頷いた。

「……ぶほっ!?」

そのとき不意に、俺の顔になにかめちゃくちゃ冷たいものが飛んできた。

焦《あせ》って振り向くと、そこにはめちゃくちゃ大口を開けて笑っている竹井《たけい》がいて、俺の顔と服についた冷たいものに触れてみると、それは雪だった。ってことはつまりそういうことだ。

「このやろ……許さん」

言いながら俺は竹井を睨《にら》むと、反撃のため、溶けにくい場所には少しずつ積もりはじめている雪をかき集め、雪の弾をつくった。一発やられたら二発を返す。そうしてより多くのリターンを取っていくのが格ゲーマーの流儀だ。食らいっぱなしでは終われない。

「おぉ!?　ワンちゃんやるかぁ!?」

「アタファミだけじゃなくてFPSもそこそこやるからな。俺のエイム力を舐《な》めるな」

「よくわからないけどやるっしょー!」

そんな俺と竹井の醜《みにく》い言い争いを、泉《いずみ》がやれやれ顔で見ている。

「あーあ。男子って子供だなあ」

そして、その隣では菊池《きくち》さんも俺たちを見て、くすくすと笑っていた。

＊＊＊

それから十数分後。

「はは……やられたね」

俺と菊池さんは、通りから少し階段を下りたところにあるコンビニの軒先に立っていた。

さっきまでみんながいて、俺に至っては竹井と醜い争いを繰り広げていたはずなのに——いまは二人っきり、だ。

「ふふ。ですね」

なにも俺が二人っきりになろうとしたわけではない。すみっこの雪をかき集めて行われる謎《なぞ》の雪合戦を敗北で終えたあと、なにやらニヤニヤしている水沢《みずさわ》や泉たちにそそのかされ、言われるがままにコンビニでホットココアを買っていたら、いつの間にかこうなっていたのだ。

おそらくはホワイトクリスマスという珍しいシチュエーションの訪れに、うまいことやれよ、みたいな感じで団結したんだと思う。

余計なことしやがって、と思いつつ、この状況で菊池さんと二人っきりになれたのは嬉《うれ》しいのだから俺も現金なものである。

「みんな、楽しい人ですね」

「え？　まあ、あいつら面白がってるだけだけどな……」

「……ですね。けど、だとしてもです」

菊池さんは笑みとともに白い息を吐き出し、ふわふわの手袋を口元に当てる。

大宮《おおみや》の南銀座通り。雪の降る繁華街に佇《たたず》む菊池《きくち》さんはどこか浮世離れしていて、けれどたしかに、地に足をつけて立っていて。妖精《ようせい》や天使のような雰囲気《ふんいき》と言うよりも、それはただ神秘的に美しい女の子だった。

「じゃあ……駅まで歩こっか」

「……うん」

そうして俺は菊池さんに歩幅を合わせて、一歩前に踏み出す。

年末が近づく落ち着いた空気。クリスマスイブの浮かれた雰囲気が混ざる大宮の街はいつもとは様子が違っていて、空を飾る白い雪は、少しずつその勢いを増していく。

「すごい……本当に積もりそうですね」

「かもしれないね」

舞いながらはらはらと地面に落ちる雪は、アスファルトに溶けて消えていく。けれど、留められた自転車のサドル、自販機横のゴミ箱、駅前に植えられた木々や草。それらの上には少しずつ、雪が積もりはじめていて。

この調子だと夜が更け、朝になるころには、雪が街を覆っているかもしれない。

「クリスマスに……二人っきり、ですね」

「え、う、うん」

不意に放たれた菊池さんの熱を感じる言葉に、俺は一瞬で顔が熱くなるのがわかる。

「ごめんなさい急に……。けど、嬉《うれ》しくて……」

「う、ううん。えっと、……俺も嬉しい」

それはぎこちない言葉だったけど、きっと互いに嘘《うそ》のない気持ちだ。

聖なる夜に恋人同士で、雪の降る街を歩く。

それは間違いなく俺にとって特別な、人生で初めてのクリスマスイブ。ただ歩いているだけで幸せを感じるような、どこか照れくさくて、けれど満ち足りた時間だった。

「……賑《にぎ》やかですね」

「うん」

所々のお店から漏《も》れ聞こえるクリスマスソング。心なしかカップルが多いような気がする街ゆく人。それはいままで自分に孤独を感じさせるものだったけど、いまの俺は、その浮かれた雰囲気すら楽しげに感じられて。

だからだろうか。弱キャラながら俺は、こんなひらめきを実行したくなっていた。

「えーっと、ちょっと待ってて」

そして俺は草木に積もりはじめた雪を集めて、手のなかでかたちを作りはじめる。さっきの竹井《たけい》との雪合戦で何度も作ったものよりも、少しだけ丁寧《ていねい》に。

「……友崎《ともざき》くん？」

二人でこの聖夜の道を歩いて、思ったのだ。

たしかに付き合いはじめたのは二日前。なにも準備がないのは仕方ないのだとしても。

やっぱり今日この日になにもないというのは、寂《さび》しい気がすると。

だから俺は雪を集めて、手のひらサイズにも満たないくらいの小さな球体を、二つ作った。

ここまで来たら、菊池《きくち》さんも俺がなにをしようとしているか、わかっただろう。これを閃《ひらめ》いたのはさっきの竹井《たけい》との雪合戦がきっかけだから、俺は生まれて初めて竹井に感謝しないといけないかもしれない。

俺はそれを二つ縦に重ねると、手の上にのせて菊池さんに差し出した。

「えーっと……い、一応、クリスマスプレゼント……？」

俺は自信なく言う。

指先にちょこんとのせた不格好なそれは、小さい雪だるま。

丸めて作っただけのそれは目も口もないのっぺらぼうだけど、一応雪だるまと言うことはわかるようになっているはずだ。なんせ下が大きくて上が小さい球体だからな。

菊池さんはそれをじっと眺めると、しばらくしてくすりと笑い、それをひょいと持ち上げて自分の手の上にのせる。そしてちょいちょい、と俺を手招きすると、木の根のあたりにしゃがみ込んだ。

「これ、つけましょう」

手袋を外した菊池さんは、地面に落ちていた小さな種のようなものをつまんでいる。そして

無邪気に、楽しそうに笑うと、俺の作ったその雪だるまに、その種を二つくっつけた。

「……あ、目になった」

「ふふ。そうです」

出来上がったのはデコボコした不格好な体に、大きさの違う種が二つついた、手作り感満載の小さい雪だるま。どう見ても完成度が低すぎて、それがなんだかじっと見てると、妙に可笑《おか》しくて。

「なにこれ、すごいぶさいくだ」

「でも、かわいいですね」

「……だね」

そして俺と菊池《きくち》さんは、顔を見合わせて笑う。すごくくだらないことをしているだけなのに、この一分一秒がこれ以上ないくらいに愛《いと》おしくて。

願わくば、こんな素敵な時間がいつまでも――。

「……あのさ」

だから俺は、こんなことを提案する。

「記念に写真、撮らない？」

この時間を切り取って、保存するために。

「うん。撮りたい！」

声を弾ませて言う菊池さんは、どうしようもないくらいに女の子だった。

「よかった。えーっとそれじゃあ……」

俺はインスタの課題で学んだカメラの起動方法を活《い》かして、素早く撮影の準備をする。

「よし。じゃあいくよー」

「は、はい！」

そして俺は、菊池さんと雪だるまと俺とのスリーショットを撮影した。

「……よし。ブレてない」

「……？　はい」

なんかブレているのが基本、みたいな俺の言葉に菊池さんは一瞬きょとんとしたけれど、それはいい。ともかく上手《うま》く撮れていてよかった。

「それじゃあ、あとで送るね」

「う、うん……！」

そうして俺と菊池さんはまた、駅へと歩き出す。

「あ。この子は……電車には、乗れませんもんね」

菊池さんは、名残惜しそうに言う。

「あはは。寂《さび》しいけど、そうだね」

さすがに持ち帰るわけにはいかなかったから、俺たちは二人で作った雪だるまはそっと木の根に座らせる。そしてまた顔を見合わせると、二人で小さく手を振った。

そして二人は大宮《おおみや》駅へ到着する。ここで、楽しかった二人の時間は終わりだ。

「あ、あの！」

意を決したような声に振り向くと、菊池《きくち》さんが潤《うる》んだ目でこちらを見上げていた。

「次は、いつ会えますか……？」

「えっと……」

それはみんなでいるときとはまた違う、熱っぽい言葉と表情で。

「今度は……二人で会いたくて。……いまみたいに」

菊池さんはどこか甘えるように、俺を頼るような表情で頷《うなず》いていた。

ただでさえ見られるだけで照れてしまう菊池さんにそんな目をされたら、俺は言葉が出てこなくなってしまう。

「えっと……ちょ、ちょっと待って」

俺はその視線に心を溶かされてしまいながらも、スマホのカレンダーを見ながら、なるべく近い日にちで空いてる日を探した。

だって俺もまたすぐに会いたくなってしまうってことが、目に見えていたから。

「……あさってか、しあさってとか」

「じゃ、じゃあ、あさって！」

菊池さんは声を弾ませて焦《あせ》ったみたいに、俺の提案に乗ってくれる。

「あはは、わかった」と、そこで気がつく。「……あ」

俺の声に菊池さんがきょとん、と首を傾《かし》げた。

カレンダーを見て、気がついたこと。それは。

「元旦、空いてるからさ……」

そして俺は、なるべくさらりと自信を持って、それを言う。だってそれは、自分のしたいことだったから。

「初詣《はつもうで》、行こうよ」

「いきたい！」

菊池さんは迷いなく声を弾ませて頷いた。

「あはは……。それじゃあ……あさってじゃなくて、元旦にしようか？」

あんまり菊池さんの時間を奪ってもな、と思い提案すると、菊池さんは「え」と息を詰まらせ、表情を沈ませた。

「うん？」

「えっと……その」

そして、しばらく言葉を迷わせると菊池さんはまた顔を赤らめて、潤んだ瞳《ひとみ》で俺を見上げる。

「……どっちも、会いたいです」

　それはやっぱり明らかに反則で、そんなことを言われてしまった俺はもう、なにも考えることができなくなってしまう。

「わ、わかった。どっちも。………どっちも、会おう」

　完全に心を奪われてしまいながら言うと、菊池《きくち》さんは俯《うつむ》いたまま、熱のこもったトーンで。

「……うん。嬉《うれ》しいです」

「う……。お、俺も」

　不器用に、互いの感情を共有しあう。

　ただ次の約束をするだけでも、ここまで心が動いてしまって。それはまさに灰色とはほど遠い、あまりに鮮やかな瞬間で。

　きっとこの写真と思い出は俺にとって、これ以上ないほどのクリスマスプレゼントになったなとか、思ってしまうのだった。

＊＊＊

　そうして二人で改札へ入る。菊池さんとは路線が違うから、ここで分かれることになった。

「それじゃあ……また、連絡する」

「う、うん」

ドキドキした気持ちを引きずりながらも、俺は菊池さんの後ろ姿を見送った。

そして一人で埼京線《さいきょう》のホームへと向かう。今日一日であったことが頭のなかに蘇《よみがえ》って、どこかふわふわと楽しいようで、けれど少し寂《さび》しいような。

ホームの階段を下り、時刻表を眺める。もう数分後に、俺の乗る電車が発車するらしい。俺はまだ浮遊した気持ちのまま埼京線に乗り込んだ。

発車した電車の窓から見えるのは雪の降る大宮《おおみや》の街。

そのとき不意に思い出したのは、泉《いずみ》の言葉だ。

──『なんか、菊池さんが葵《あおい》に、謝ってた』。

結局、菊池さんが日南《ひなみ》となにを話していたのかは聞くことができなかった。あのくすぐったい空気を壊したくはなかったし、なにより、それは俺が触れてはいけない領域のような気がしたから。

しばらく電車に揺られると、北与野《きたよの》駅へ到着する。改札を出ると家までの道をゆっくり歩いた。

と、そのとき。

「あ」

不意にスマートフォンに通知が届く。ポケットから取り出してみると、それは菊池さんからのLINEだった。

俺は迷わず、トーク画面を開く。

『今日はありがとうございました。
なんだか嬉《うれ》しくて、ぼーっとして、とっても楽しかったです。

二人で話しているとき、次の約束をしたとき。
本当に友崎《ともざき》くんと付き合ってるんだなあ、って実感できて、すごくドキドキしました。
あさってと、初詣《はつもうで》。すっごく楽しみにしてるね。』

俺はそれを見ただけで、その場で悶絶《もんぜつ》し、崩れ落ちてしまいそうになる。だってこんなの、ずるすぎる。

「〜〜っ！」

一人で歩く北与野《きたよの》の町並みは肌寒かったけれど、手のひらの中にある菊池《きくち》さんからの文章と二人が写った写真は——ホッカイロなんかよりも断然、暖かかった。

2

名もなき花

「どっかーん」

「あー！　葵《あおい》お姉ちゃんずるいー！」

「ずるくありませーん」

小さな子供部屋に、無邪気な声が響く。

古いゲーム機がつながったテレビの前には、小学生の女の子が三人。画面のなかではサングラスをかけたドット絵のブタのキャラクターが飛び、互いに光線銃を撃ち合い戦っている。

コントローラーを握っているのは葵と渚《なぎさ》、それを見ているのが最も背丈の低い遥《はるか》だ。

「ちゅどーん」

言いながら指先を器用に動かすと、葵の操作するブタのキャラクター・ブインがひらりとボムを躱《かわ》し、的確に渚へエネルギー弾を撃ち込む。

「あ～～～!!　渚お姉ちゃんやられたー！」

「ふっふっふー。甘い甘い」

「ま、また負けた……」

葵はコントローラーを置くと、勝ち誇って笑う。負けた渚は悔しそうに唇《くちびる》を尖《とが》らせ、呆然《ぼうぜん》とコントローラーを見つめるが、すぐにまた元気よく口を開いた。

「もう一回！」

「え～？　何回やっても同じだよ～？」

「同じじゃない！　次は勝てる！」

渚は無根拠ながら力強く言い切ると、まっすぐな目でコントローラーを握った。

「まったく、しょうがないなぁ～」

葵はわざとらしく煽《あお》るように言い、余裕の表情でまたコントローラーを握る。遥は期待に満ちた表情で渚を見ている。

「がんばって渚お姉ちゃん！　葵大魔王を倒せ！」

「おっけー！　まかせて！」

「ええ!?　わたし大魔王なの!?」

渚と遥にからかわれながらも、葵はけらけらと笑った。

ゲームを再開すると、彼女はまた的確に指を動かす。

「う……やっぱり強い」

画面で二匹のブタが飛び交い、弾を当て、躱し、相手の体力を削っていく。

渚からさっきと同じタイミングでボムが放たれる。葵はそれを躱し、その隙《すき》に渚へと弾を撃ち込んだ。

「ふっふっふ、そんなもん？」

けれどそのとき、渚が不敵に笑った。

「なんてね。……ここ！」

「え」

葵《あおい》の弾が当たる直前、渚《なぎさ》は二発目のボムを発射する。ボムは葵の弾を打ち消しながらまっすぐ進み――葵のブインに直撃した。

「あ～～～っ！」

ブインは爆発を受けて画面から消える。やがて画面には渚の勝利画面が表示された。

『おにのごとくただしい！　おにただ！』

渚の操作していた色違いのブインが、ポーズを決めながら言う。

「やったー！　ほらね？　わたしの勝ちー」

「すごい！　渚お姉ちゃん強い！」

「遥《はるか》も応援ありがと！」

「ぐ、ぐぐ……」

葵は感情豊かに眉《まゆ》をひそめ、子供っぽく悔しげな声を漏《も》らす。渚は大口を開けて笑いながら、突撃するように葵にじゃれていった。

「いえーい！」

「ちょ、ちょっと渚」

葵は戸惑《とまど》いながらも渚の体を抱きとめ、背中をぽんとさすり、苦笑する。

「葵お姉ちゃん！」

「うん？」

そして渚は葵の腕のなかで満面の笑みを浮かべ、こう言った。

「楽しいね！」

それはなんの装飾も嘘《うそ》もいらない、素直でまっすぐな言葉で。

「うん。そうだね！」

だから勝負には負けてしまった葵も、それに呼応するように、心の底からにっこりと笑ったのだった。

＊＊＊

「――っ」

関友《せきとも》高校文化祭打ち上げ兼、クリスマス会の帰り。

日南《ひなみ》葵の頭のなかに、古い記憶が蘇《よみがえ》っていた。

それはまだ渚も遥もいたそのときで、小さな子供部屋が広く感じた幼いころの記憶だ。

葵は夜の電車に揺られながら、久しぶりに思考が滞る感覚を覚える。

このタイミングで突然それが蘇った理由は、もちろんわかっていた。

菊池《きくち》風香《ふうか》による演劇の脚本と、数十分前に打ち上げ会場で交わした会話。

そこで描かれた感情が、投げかけられた言葉が。

彼女が長らく眠らせていたであろう揺らぎの一つを、ゆっくりと掘り起こしたのだ。

窓から見える夜の大宮《おおみや》には、しんしんと雪が降りしきっている。時間をかけて街の素顔を美しい純白で覆い隠すそれは、どこか仮面に似ていて。

葵《あおい》はそんな夜の街を眺めながら。もしくはうっすらと映る、自分自身を探しながら。

「……関係ない」

息を整え、ぼそりと言う。

それは自分自身に言い聞かせているようでもあったし、世界に宣言しているようでもあった。

いずれにせよ、彼女の言葉にあったのは、乱暴に打ち出された鉄のように歪《いびつ》な強度だ。

そして——葵の心から掘り返された記憶は、もう一つ。

彼女にとっての敗北と、そして決意だった。

＊＊＊

初夏。

中学三年生の日南《ひなみ》葵は一つの手応《てごた》えを感じるとともに——迷っていた。

「おお、今回も一位だな」

彼女の担任である四十代半ばの男性教師が、Ａ４ほどのサイズの成績表を手渡しながら満足げに微笑《ほほえ》む。喜ぶ彼の顔からは、それを自らの手柄に思うような誇らしさすら感じられた。

「あはは。ありがとうございます。次も取れればいいんですけど」

葵は意識して柔らかい笑顔を作りながら、その一枚の紙切れを受け取る。教科ごとにいくつかの点数が一覧で書かれた紙の最下部に書かれているのは、『1/154』の文字だ。

大宮のはずれにある公立中学。その同学年のなかで期末テスト総合最高得点を叩《たた》き出したことを意味するその数字は、彼女の歩んできた過程を無機質ながら端的に肯定していた。

「まあ、ライバルは多いからな。油断しないように」

「ですよね。……がんばります」

表情を作り直し、気を引き締めたように見せた彼女は、その実、ほとんど確信していた。

これは彼女にとって連続して三度目の一位。すでにやり方は摑《つか》んでいるから、同じことを継続してさえいれば、間違いなく次も一位を取ることができるだろう、と。

「せっかくの、連続一位ですもんね」

なにしろ彼女は、中学一年生まではごく平均――いやむしろ、それよりも少し下を行き来するような並以下の学力だったのだ。それが時間をかけて徐々に上り詰めていき、ついにはその頂点、一位にまでたどり着いた。

その努力は目には見えなくとも、再現性のある手応《てごた》えとして、彼女のなかに根付いている。

「がんばって、維持してみます」

「うむ。期待してるぞ」

しかし、だからこそ。

彼女は少しずつそれに対する興味を失っていたのだ。

「……維持、か」

「うん？　なんだ日南《ひなみ》」

「あ、いえ。なんでもないです。ありがとうございました」

――だってこの土俵では、これ以上証明することができないのだから。

＊＊＊

同日、午後六時半。体育館のバスケットコート。

葵《あおい》はずらりと二列に並んだ部員の前に堂々と立ち、表情を引き締めている。

「はい、今日はここまで。大会も近いから、みんなケガには気をつけるようにね」

女子バスケットボール部の部長を務める彼女は、自信のある笑みを部員たちに向け、やがてぐるりと視線を回しながら一人一人の顔を見た。

人数は全員で三十人ほどだろうか。部員たちはみな真剣な表情で葵のことを見つめていて、視線が合うたびにほんの少し、体に緊張が走った。それらはすべて、彼女が作り上げた空気だ。

葵は部員たちの様子に満足したように頷《うなず》くと、ふっとわかりやすく、表情を緩《ゆる》める。

「……みんな、ありがとね。ついてきてくれて」

「葵……？」

列の中央に立っていた副部長の横山《よこやま》ちなみが葵の緩急に飲まれ、驚きながら声を漏《も》らした。

「うん。えっと、さ。そろそろ……って言ってもまだ大会まで一か月くらいあるけど、いま言っておきたくて」

葵は照れ臭そうな表情を作って下を向き、みんなにちらりとだけ見える角度で少しだけはにかむと、もう一度前を向く。

「私、ここ一～二年で、めちゃくちゃ出しゃばったっていうか……わがまま聞いてもらいすぎたじゃん？　みんなに。練習を急にハードにしたり、あり得ない目標掲げたり、さ」

「そんなこと……」

「ううん」横山の言葉を遮《さえぎ》り、けれど優しく葵は言う。「本当に、感謝してるの」

葵はゆっくりとした所作で足元に転がっているバスケットボールを手に取ると、それを何度か床に弾ませる。とおんとおんと調子のいい音が一定のリズムでコートに響き、部員たちの鼓《こ》膜《まく》を揺らした。

葵が両手で優しく包み込むようにボールをキャッチすると、またコートに静寂が戻った。気づくと部員たちの視線は、葵《あおい》に集中している。反復するリズムと音が人の意識を引き寄せることを、彼女は知っていた。

「最初は、さ。不安だったんだ」

「……不安？」

その葵らしからぬ弱気な言葉は、部員たちの感情すらも引きつけていく。

「よくて県大会どまりだったうちの中学が、いきなり全国目指すなんて……正直バカげてる、って思われるだろうな、って」

葵は訥々《とつとつ》と、本音を漏《も》らしているように聞こえるトーンを作って、言葉を紡《つむ》いでいく。

「けどね。みんなは信じてくれたでしょ。……私が、本気だって」

葵はまた、ゆっくりとはにかんで見せる。しかし今度はさっきよりも少しだけ感情的に、感謝するようなニュアンスを込めてだ。

「私、みんながいなかったら、とっくに折れちゃってたと思う」

儚《はかな》く消えそうな表情。慈《いつく》しみすら感じる、優しい仕草。ずらりと並ぶ部員たちはその言葉に息を呑《の》み——気づくと操られたように、口々に思いを吐露していた。

「そ……それは葵が、誰《だれ》よりもがんばってたからだよ」

「そうですよ。葵先輩がいなかったら私たちここまでやれませんでした！」

「私も……っ！　日南《ひなみ》先輩とっ……バ、バスケやれてっ！　よかっ……」

同級生や後輩は本音を漏らし、ついには泣き出してしまう部員までもが現れる。葵はそのすべてを微笑《ほほえ》みながら見渡し、ゆっくりと頷《うなず》く。そして一瞬だけ顔を背《そむ》けると、涙を拭《ぬぐ》うかのようなジェスチャーを見せた。

再び前を向いたときの彼女の表情には、涙の痕跡《こんせき》は見えない。

葵は横山《よこやま》に目を合わせると、持っていたバスケットボールを優しくパスする。葵から放たれたそれは、横山の手で確かに受け止められた。

「みんながいなかったらここまでやれなかったって言ったけど……これで終わりじゃない。これから先もそうなんだよ？」

葵は再び横山に目を合わせると、胸のあたりで両手を構える。頷いた横山から放たれたボールが、もう一度葵の両手へと納まった。

そしてそのボールは、二年生の加々見《かがみ》へと再びパスされる。

「みんなの力がないと、一位になれない」

「……一位」

当たり前のように放たれたその言葉。それが一体どの規模での『一位』を指しているのか。部員たちは言葉では理解できていても、まだ実感では理解できていなかった。

また葵が両手を構えると、加々見はボールを再び葵の両手へパスする。まるで儀式めいた動作。けれどこれらはすべて、彼女がすると決めていたパフォーマンスだ。

「私ね。本気なんだ」

日南《ひなみ》は頷《うなず》き、右手をジャージのポケットに入れる。

「これ、なにかわかる?」

言いながら、葵《あおい》は小さな紙切れを取り出す。部員たちは迷うようにそれを見ると、やがて互いに顔を見合わせた。

「え……っと」

答えが返ってこないことを察すると、葵はさらりとした口調で続ける。

「私の今年の成績表。今日、期末の結果が返ってきたでしょ?」

そして葵はまた、横山《よこやま》に視線を向けた。

「横ちゃん。私って、一年生の頃《ころ》はあんまり勉強得意じゃなかったよね?」

「えっと……うん。そうだね」

横山は肯定する。葵の成績を事細かに知っていた訳ではなかったが、たしかにその頃の葵に、勉強が得意なイメージはなかった。

「それがね、ちょっとずつ成績を上げて……いまは一位なんだ」

葵はその紙ではなく、堂々と部員たちを見ながら言う。

横山はその結果を既に知っていたから驚きはしなかったものの、改めてその事実に感嘆してしまう。

「葵、これで三回連続だよね」

横山が言うと、部員たちは息を呑《の》んだ。葵は頷くと、その答えに満足したのか、成績表を開くことなくジャージのポケットへしまった。

「えっと、自慢したいとかじゃなくてね。……信じてほしい、ってことなの」

葵は自分が疑われているとまでは思っていなかったが、それでもまだ、彼女たちがそれに懸ける思いに不足を感じていたのだろうか――その心に火を灯《とも》していくように、ゆっくりと語りかける。

「この成績はこの学校で、って話でしかないけど、得意じゃないところから本気でがんばって、一位っていう結果を出した。……私はそれが、この部活でもできると思ってる」

葵の言いたいことを察したのか、部員たちの意識はどんどんと、葵の言葉と表情に惹《ひ》かれていく。

「もともと上手《うま》かったみんなが、この二年間は本気でがんばった。それも、部で一丸となって、目標に向かって」

もう誰《だれ》も、葵から目を逸《そ》らさない。

「だったら、たどり着きたいゴールに、きっと届く」

そして葵は強く、嘘《うそ》のない声を意識して。

「がんばろう！　私たちの目標に向かって！」

その一言に、部員たちは声をそろえて「はい！」と返事をした。

感極まって涙目になる部員、葵《あおい》を信じて表情を引き締める部員。その表情はそれぞれ少しずつ違っていたが、その誰《だれ》しもが前提として、葵を心から信頼していた。

みんなが一つの方向を向いたのを感じながら、葵はまた大きく一度だけ頷《うなず》く。

それはもちろん、みんなが全国へ向けて心に火を灯《とも》してくれたからでもあったけど――それ以上に。

何度も何度も練習してきたセリフによって目の前の部員たちが心を動かしている。その事実そのものに、彼女は充足を感じていた。

そして同時に――期待もしていたのかもしれない。

この舞台でまた、別の証明が出来るかもしれない、と。

＊＊＊

部員たちと下校し、駅で別れた葵は家へ着く。

玄関を開けてローファーを脱ぐと、彼女は居間の扉の前で一度立ち止まった。その向こうに母の気配がしたからだ。

聞こえてくるのはなにかを炒めているような油のはねる音。なにであれ、母がそこにいるという事実は、葵の心にほんの少しの揺らぎを生む。

葵は一度胸に手を当てると、その手をそのままジャージのポケットへと入れ、なかの成績表に触れた。これを見せたときの母の喜ぶリアクション、それに対する自分の心の動き。そんなものをシミュレーションしながらも、彼女はドアに手をかける。

「……ただいまー」

ノブをひねりながら、葵は邪気のない声を出す。視線をやると想像通り、彼女の母がそこにいた。キッチンで料理を作っている母親が、にっこりと葵へ笑いかける。

「おかえり。ちょうどよかった」

「ちょうどよかったって？」

「今できるとこなの。葵の好きな、チーズ入りのハンバーグ」

「やった。ありがと」

学校にいるときよりも少しだけ幼い笑顔を作り、そのまま食卓テーブルの定位置へつく葵。

すると母もハンバーグを焼いているフライパンに蓋《ふた》をすると、葵の座るテーブルの正面へと座った。

「あれ。料理いいの？」

「うん。最後にこうやって蓋をして、しばらく余熱で火を通すの。柔らかくするコツ」

「へえ！」

葵《あおい》が少し大げさにリアクションを返すと、母はにっこりと笑う。

「最近学校はどう?」

何気ないトーンで放たれた言葉に、葵はぴくりと体がこわばった。

なぜならその先に、自分を肯定する言葉が待っているのがわかっていたからだ。

「……そうだ、テストの結果出たよ」

葵は思い出したふうを装い、自然な口調を作って言う。

「そう。どうだったの?」

なんてことはない母の言葉。けれど葵は意識して茶目っ気のある表情と、穏やかな口調を作ってから口を開いた。

「なんと。また一位だよ」

すると母は嬉《うれ》しそうに言う。

「へえ! すごいじゃない!」

どこか納得するように頷《うなず》く。そして優しく、幸せそうに笑った。

「うんうん。やっぱり葵は――葵の花みたいに、太陽に向かって咲く女の子なのよ」

母の返答に葵はまたぴくり、と一瞬だけ言葉に詰まる。そしてすぐに笑顔を作り直した。

「……でしょ?」

「うん。わたしの自慢の娘」

「あはは。大げさ」

予想通りの喜ぶ顔と、無条件に肯定する言葉。二人でしばらく会話を交わすと、そろそろかな、と母が席を立つ。葵は大きく息を吐き、一瞬だけ、自分の弱さに唇《くちびる》を嚙《か》んだ。

やがて母は火の通ったハンバーグを皿に盛り付け、テーブルに運んでくる。

「遥《はるか》呼んできてもらえる？」

「はーい」

言われた葵は、三つ年の離れた妹である、小学六年生の遥の部屋に向かう。

「遥～？」

階段を上がって部屋の扉をノックすると、焦《あせ》ったような「ちょっとまってー！」という声が届いた。扉の向こうからは、ゲームのＢＧＭのような音がうっすらと漏《も》れ聞こえている。

「ご飯だよ～」

「わかってるー！　この勝負終わったらいく！」

「はーい」

葵は苦笑しながらも、階段を下りて再び席に着く。母はキッチンで三人分の食事を盛り付けている。

ポテトと人参のソテーが添えられたハンバーグに白飯、副菜には手作りのコールスローサラダに、ミネストローネのスープ。およそ家庭料理としては手の凝《こ》った、充実した盛り合わせだ。

「遥《はるか》は？」

「ゲーム中。この勝負終わったらいくって」

「ふふ。ハマってるわね～」

母は三人分のご飯を食卓に並べながら、嬉《うれ》しそうに微笑《ほほえ》む。

「だね。……アタックファミリーズだっけ」

「そうそう」

「なんかすごい流行《はや》ってるよねー。うちのクラスでも男子みんなやってる」

そして母は葵《あおい》の正面に座ると、二人で遥が下りてくるのを待った。

「葵はやらないの？」

「うーん。私はどうかな。ゲームやってる暇《ひま》はないかも」

「あはは。そうね。バスケに勉強に、それにゲームまでってなったら、さすがに贅沢《ぜいたく》すぎるものね」

「……うん」

日南《ひなみ》は細かい言葉に違和感を覚えながらも、それからも一言二言会話を交わす。すると程なくして、部屋から遥も出てきた。

「えーっ！　ハンバーグじゃん！」

すると母は得意気に笑う。

「そうよ。しかもチーズ入り」

「えええー！　おねーちゃんが好きなやつ!!」

遥の無邪気なリアクションに、葵は安心するように、優しく微笑んだ。

「そうそう。ほら、早く座って」

そうして三人が揃《そろ》い、夕食となる。いただきます、とみんなで手を合わせると、賑《にぎ》やかな食事が始まった。

そんなふうに過ぎる家族の平穏。しかし、葵の表情には平穏とはまた別の、自分を定められていないような、不安定な揺らぎが浮かんでいた。

＊＊＊

食事後、葵の部屋。

葵はノートパソコンを開き、毎日つけているエクセルファイルを編集していた。

パソコンの画面には、これまでの自分の小テストや定期テストの結果を記録した線グラフが表示されている。

始めは横ばいに近い形で進むカーブは徐々にその傾斜を増し、やがて加速度的に高度を上げ、頂点へと到達する。それは彼女が一位を取ったということと同時に、努力の量に対する結果の効率が徐々に上がっていったことを意味していて、つまり彼女の形が少しずつ『正しい努力』へと向かっているということでもあった。

「よし。……よし」

葵《あおい》は息を吸って吐き、そのグラフをどこか興奮気味に眺める。彼女が見ているのは現状か、その過程か、それともここから先か。

いずれにせよ、グラフを見つめるその表情に、先ほどまでの揺らぎは見えなかった。

「……さて」

そして葵はアプリケーションを切り替え、ワードファイルを編集しはじめる。モニターに映るワードアプリには、『中くらいの目標』と掲げられた見出しの下に『定期テストで学年一位を維持する』『バスケ部のエースになり、全国大会に導く』『トップカーストグループの中心人物になる』という文字列が並んでいた。

彼女の指がキーボード下部のタッチパッドへと伸びる。ゆっくりと指先でなぞると、画面のマウスカーソルが文字を選択し、黒く染めていく。

そして葵はじっとその画面を見つめると――。

たぁん、と軽やかにキーを押した。

瞬間、表示されていた三つの文章が、綺麗《きれい》に消去された。

残ったのは『中くらいの目標』という見出しと、その下に広がる空白。進む指針となりうる目標も、達成してしまえばただの空っぽ。無意味な文字列に過ぎない。

「よし――」

葵は意識して深く息を吸いながら、焦燥を抑えるように思案する。走っているあいだは楽だけど、止まってしまえば汗が噴き出す。すでに彼女の心臓は、走っている状態が通常になりつつあったのだ。

定期テストという学力を競う土俵でも、クラスというコミュニケーション能力を競う土俵でも、バスケの実力争いでも。少なくとも学校内という領域では一位を取ってしまった。

では、次の目標は。

葵は小さく頷《うなず》き、今日の部活の光景を思い出しながら、新たな文字を打ち込んでいく。

彼女は万物に再現性のある強度を求めていた。

なら――必要なのは、新しい景色。

それはまだ、彼女が到達できていない地点だ。

『バスケ部で全国一位を取る』

心に立てた誓いをじっと見つめると、葵は満足してそのワードファイルを閉じた。

＊＊＊

それから一か月後。

「絶対勝とう！　ここまで来たら優勝！」

葵《あおい》たちは順調に県大会を勝ち上がり、全国大会の舞台に立っていた。

ノーマークだった中学がこの躍進。それだけでも十分すぎるほど十分な結果だったが、しかしそれは、単に努力の量と質が生んだ必然だった。

少なくとも中学の部活という範囲で言えば、葵のやり方は十分すぎるほどに研ぎ澄まされていた、ということだろう。

「うん！　油断せず、いつもの私たちで！」

「あはは、横山《よこやま》先輩それ、いっつも葵先輩が言ってるやつ」

「も、もう！　そういうこと言わない！」

一つの目標に向かって努力を重ねてきたメンバーたちも、コートの前で互いを支えるように、けれど油断はせず、じっとその牙《きば》を研いでいた。

「それじゃあ、行こう！」

そして、葵たちによる、全国大会の戦いが始まった――。

――けれど。

その二日後。

葵はバスケットコートの上で涙を流していた。

全国大会。日本中から選ばれた精鋭たちによって競われる大舞台。

そこで彼女たちのチームは、二位になったのだ。

もちろん、彼女のそれは嬉《うれ》し涙ではない。

日南《ひなみ》葵は全国二位という結果に、悔しくて涙を流していたのだ。

きっとそれは、出来すぎた結果だ。前年まではよくて県大会レベルだった中学が、突然の準優勝。優勝こそ逃《のが》したとはいえ、誰《だれ》の目にも十分すぎる大躍進だった。

そしてその結果を生み出した中心人物である葵。賞賛されこそすれ、非難されることなどあり得ない。

――それでも。

「優勝は、八柳《やつやなぎ》中学校」

閉会式。日南葵は自分のものでない学校名に添えられた『優勝』という言葉に、悔し涙を流した。

本来なら十分すぎる結果に対する、身が引き裂かれるほどの悔しさ。それは彼女の覚悟であり、努力の証《あかし》であり、あるいは、逃げられない呪縛《じゅばく》なのだろう。

「……」

隣に並んでいる副部長の横山《よこやま》が、黙って葵《あおい》の肩に手を置く。

しかし、彼女は葵の名前を呼ぶことすらできなかった。

なぜなら、そうして嗚咽《おえつ》を漏《も》らす葵を見て、彼女は気づかされていたからだ。

もちろん彼女もこの一年間、これまでの人生では考えられないくらいに、血が滲《にじ》むほどの努力をした。葵に倣《なら》うように、または葵の背中を追いかけるように、もしくは——葵の夢を叶《かな》えるために。

けれど、その努力は間違いなく、葵には遠く及んでいなかった。

横山は——いや、おそらくはこのチームのメンバー全員は。

心のどこかでは、こう思ってしまっていたのだ。

もしも日南《ひなみ》葵が五人いれば、優勝できたはずだ、と。

だから横山は、部員たちは、ただ沈黙する。

日南葵についていき、彼女が追いかけていた『全国一位』という夢は、あくまで日南葵から与えられた夢。はじめから自分が本気で目指していた夢ではなかったから。

「……っ！」

横山《よこやま》は自分の甘えに、無力さに、唇《くちびる》を噛《か》んだ。

今更気がついてももう、時間は戻らない。結果だって覆《くつがえ》らない。

思えば彼女たちは困ったことがあればすぐに葵《あおい》を頼ったたし、試合中もいざという場面では、気づけば葵の姿を探していた。

そしていつか、彼女たちは思ってしまっていたのだ。

自らの努力と実力で夢を摑《つか》むのではなく——きっと葵が自分を、その夢へと連れていってくれる、と。

「……うん。横ちゃん、大丈夫……っ」

だから横山は。部員たちは。

葵を慰めることも、健闘をたたえ合うことも。

そして——本気で悔しがることすら、出来なかったのだ。

＊＊＊

数時間後。顧問に連れられてやってきた、大宮《おおみや》の和食屋。

コートでの緊張感は薄れ、応援してくれた控え選手や下級生を含む三十人が、座敷の広い個室を貸し切り、打ち上げを行っていた。

「葵先輩お疲れ様っす！」

「かっこよかったです！」

「うう……っ！　準優勝なんてすごいです……！」

かけられる後輩からの健闘の言葉。結果を称《たた》える賞賛の声。それはひどく乾いた葵の心にほんの少しの癒《い》やしを与えてくれたものの、当然その芯《しん》までは届いていなかった。

なぜなら彼女と同じくらい努力していた人間は、その努力を心の底から称え合える人間は。

少なくともこの場には、一人もいなかったのだから。

「あはは。うん、ありがと」

だから葵もその言葉に表面上だけ頷《うなず》き、薄い笑顔を作ることしかできなかった。

打ち上げも終盤。最後にレギュラーメンバーが一言ずつ挨拶《あいさつ》をし、その場は解散する運びとなっていた。

レギュラー五人が前に立ち、その姿を残りの部員が見つめている。

「私……人生でこんなにがんばったの初めてで……っ！　葵がいてくれたから……！」

そうして並べられるレギュラー陣の挨拶はどれも、葵への賞賛と感謝。

「私……葵と……みんなとバスケできて、本当に楽しかった！」

口々に漏《も》らされる、涙ながらのポジティブな感情。そこに嘘《うそ》はなく、だからこそその言葉は、まだ未完成であった葵《あおい》の柔らかいところにも、少しずつ響きはじめていた。

葵はこみ上げる感情を抑えながら、けれどじっと、前を向く。

レギュラー四人の挨拶《あいさつ》が済み、残りは一人。そうであることが当然のように最後となった葵の挨拶で、この部活のすべてに幕が降ろされる。その場にいる全員が、彼女の言葉に耳を傾けた。

葵の唇《くちびる》がゆっくりと、開かれる。

「……みんな。この一年間、ありがとう」

葵は言葉を振り絞るように。バスケ部部長としての正しい仮面を演じるために。

「みんながみんなでいてくれたから、私はこんなにも努力することができました」

痛いほどの悔しさのなか、必死で、理想的な言葉を探した。

「このメンバーじゃなかったらダメだったと思う。だってこんな夢物語、普通信じてくれないから」

演じてきた役目を、完璧《かんぺき》に終わらせるために。

「結果はギリギリ目標には届かなかったけど、準優勝って、とんでもないことなんだよね」

自分の正しさをまた一つ、証明するために。

「だから私も、この一年。みんなと本気でバスケをやれて――」

けど、そのとき。

彼女の頭のなかに、触手のような黒い違和感が絡みついた。

「……バスケをやれて……私も、た……」

言葉に詰まる。仄暗《ほのぐら》い感情が、奥から溢《あふ》れ出てくる。

あとはその綺麗《きれい》な言葉を、理想的な言葉を。みんなと同じように伝えるだけのはずだった。

それだけでこの一年身を捧げつづけてきた、『楠木中《くすのき》バスケ部部長』という長い長い演劇が、幕を閉じるはずだった。

けれど葵は――その続きを口にすることができなかった。

「私……も」

みんなと同じ気持ちを、共有することができなかった。

だって――試合に負けて。目標を達成できなくて。

それでもバスケが楽しかったなんて感情は、いまの彼女の心には、欠片ほども存在していなかったのだから。

少しずつ感情が、思考が。コントロールできなくなっていくのを感じる。

「……っ」

彼女は、そこで気がついた。

自分はきっと、一人だけ違うところを見ていたのだと。

きっといまの自分はもう、いつかの自分には戻ることができなくて。

みんなとは人としてのかたちが違って——誰《だれ》ともわかり合うことができないんだと。

気づけば葵《あおい》は、大粒の涙を流していた。自分でもはっきりとはその理由はわからない。一つわかるのは、自分のなかにどうしようもないほどの孤独感を覚えていたということだけだった。

「葵先輩……っ！」

後輩たちは、そんな葵の感情を受けて、同じように涙を流す。もちろん葵の心の内の本当のところは、まるで理解できていない。けれど、泣き姿を見るだけで感情が移ってしまうほどに、部員たちは葵に心を許していた。

しかし。

「……葵」

そのときレギュラー陣が抱いていた感情は、それとは少し別のものだった。

最後の挨拶《あいさつ》をしながら、悔し涙を流しながら。けれど彼女の瞳《ひとみ》に過去を振り返るような弱い色は微塵《みじん》もなく、視線は壊れたようにまっすぐ前を向いていて。背負ったものすべての責任をとることにまったくの迷いを感じていないような表情は、あまりにも孤高すぎて。

それは静かながら、あまりにも不自然な強さで。

レギュラー陣たちはそんな葵のことを初めて——恐ろしい、と感じていた。

それはきっと、葵が晒《さら》した初めての隙《すき》。

しかしその隙——演技という鎧《よろい》の下にこそ、彼女は異形の強さを隠している。

「だからみんな……ありがとうございましたっ！」

葵はついに最後までその言葉は口にせず、挨拶を終えたのだった。

＊＊＊

その日の深夜。

葵はうつろな表情で、パソコンのモニターをじっと見つめていた。

目の前の表示されているのは『中くらいの目標』という見出しの下に書かれた『バスケ部で全国一位を取る』という文字。

葵はその文字列を選択して黒く染め、Deleteキーの上で指を迷わせている。

「……っ」

目標の確認、その更新。ルーティンにも近い、慣れた行動だったはずだけど。

この瞬間だけは、キーを押すことに抵抗があった。

だってそれは、なによりの屈辱で。彼女にとって初めての、決定的な敗北だったから。

もう達成でき、い、いいないという理由で、目標を消去するなんて。

葵《あおい》は唇《くちびる》を噛《か》み、自分の心の柱が腐り落ちそうになるのをなんとか抑えながら——感情のままにそのキーを叩《たた》く。

暴力的な音が部屋に響き、叩いた指の第二関節が、少しだけ痛んだ。

やがて文字が消え、広がった空白。

目の前に現れた、彼女の空っぽ。

それを埋めるものは——もう。

「……お姉ちゃーん?」

不意にドアの向こうから声が聞こえる。葵ははっと声を作り、返事をする。

「んー? 遥《はるか》?」

「あのさ……」

「……どうしたの?」

そこで遥が言ったのは、葵の思いもよらない言葉だった。

「……ゲームしない?」

「え?」

葵は驚く。それは彼女にとって、久しぶりの提案。数年前まではよく三人で遊んでいたものの、あの日から姉妹でゲームをすることは、めっきりなくなってしまっていた。

それはきっと彼女が鬼気迫るほどの努力をはじめたから。もしくは似た記憶をたどり、あの日の眩《まぶ》しさを思い出してしまうことを、本能的に恐れていたからかもしれない。

ともあれこうして遥が誘ってくるのは、珍しいことだった。

「お姉ちゃん。アタファミ……やろう?」

＊＊＊

「う、うそ……」

「圧・勝!」

アタックファミリーズ。通称アタファミ。日本最大の競技人口を誇る、対戦アクションゲーム。

リビングのテレビの前で、葵と遥がコントローラーを握っていた。

どうして突然、対戦の誘いをしてきたのかはわからない。ひょっとすると葵の様子に気がつき、励まそうと思ったのかもしれない。

けれどゲームに向かいあう遥の姿は、いつも三人で対戦していたときのように、一切手加減なしだった。

「ぐ……」

葵《あおい》は愕然《がくぜん》としながら、リザルト画面を見つめる。理由もなくゲームというものにハマっていた幼いころ、三姉妹で最もゲームが上手《うま》かったのは葵だ。ほとんどアタファミをやったことがなかったとはいえ、ストック制四機でその三機を残されての敗北は、想像していなかった。

「三個も下の遥《はるか》に、こんなに負ける……?」

「修行が足りないね〜」

「も、もう一回!」

「いいよーん」

そうして再び試合が始まるが、さっきの結果から大きく変わることはない。それはあくまでアタファミに対する経験の差でしかなかったが、それでも葵はやっぱり、不服だった。

「こ、このっ!」

「甘い甘い」

「えーー!!　なんで当たんないの!」

「その場回避っていうんだよ」

「し、知らない……」

一方的ながらも熱のこもった戦い。

小学六年生に翻弄《ほんろう》される中学三年生はどこか幼く、どこまでも全力だった。

「ま、また負けた……」

「余裕！　葵お姉ちゃん、勉強しすぎてゲーム下手《へた》になったんじゃない？」

「この……」

葵は遥を睨《にら》みながら言う。

もちろんどちらも子供という意味では子供だ。けれど葵は、元来負けず嫌い。ここまで一方的に負けるのは心から悔しいことだった。

そんなふうに騒いでいたからだろうか、ゲームに集中していた二人の後ろには、いつの間にか母が立っていた。泡立ったスポンジを片手に、二人のことをぼーっと眺めている。

母に気がつき「あ」と声をあげる葵。なんだかみっともないところを見られたようで、妙に気恥ずかしい。

けれど、そのとき。

母は葵を見て、微笑《ほほえ》ましげに目を細めながら――思わぬことを言ったのだ。


「……葵、楽しそう」


「え？」

その言葉は彼女にとって、本当に意外なものだった。

いま自分は、三つも下の妹に負けつづけている。――なのに、私が楽しそう？

ここ数年、常に勝ちだけを求めて戦い、そしてついにその言葉を言えなかった葵《あおい》にとって、母の言うことはあまりにも不自然で。

なのに、だ。

母だけでなく遥《はるか》も葵のことを見て、無邪気に笑っていたのだ。

「——葵お姉ちゃん。楽しいね」

その笑顔は間違いなく葵が大好きな遥の笑顔で——だから葵は、つい心がくすぐったくなってしまう。

そして葵は、自分が自分でわからなくなった。心の底では、仮面の内側では、自分はどう思っているのか。どんな顔をしているのか。

負けたことをいまの自分は、本当に楽しめていたのか。

葵は妙に不安な気持ちになりながら、握っているコントローラーに視線を落とす。

「……そう、なのかな」

珍しく自信なさげに落とされた彼女の言葉は、けれどきっと、自分自身に向けられていた。

＊＊＊

それから葵は、定期的に遙とアタファミをプレイするようになる。

単純にゲームの完成度に感心したからなのか、それとも不意に掠《かす》めた感情に惹《ひ》かれたのか。

いずれにしても、彼女は徐々にアタファミへとのめり込んでいった。

「そっか……いつもここでジャンプしてるからそれを見られてて……」

そして葵の癖《くせ》と言うべきだろうか。こうしてルールと結果があるものに対しては、無意識にそれを分析して、その構造を考えはじめる。それは勉強でも部活でも、あるいはクラスの人間関係の構築でも同じこと。葵は頂点を目指すうちに、構造の分析が誰《だれ》よりも得意になっていた。

するともちろん、彼女はあっという間に遥よりも強くなる。

「ぎゃーっ！　やっぱり葵お姉ちゃん大魔王だよ！」

「大魔王で結構です〜」

不思議だったのは——いつやっても、何度やっても。遥とゲームをしているときだけは、アタファミをしているときだけは、自然な気持ちでワクワクできることだった。

「へっへーん！　私の勝ち〜」

「おねえちゃん強すぎ！　なんでそんなに上手《うま》くなってるの！」

「ま、才能かな？」

たしかに彼女はもう、遥に勝ってはいる。

けれどそこにある感情は、勝敗に起因しない、賑《にぎ》やかで暖かいものであるように感じられて。

「遥!?　それはずる……っ」

「ずるくないもーん」

「あ、こっちに逃げれば遥《はるか》だけ落ちるのか」

「えー!?　なにそれずるい！」

「あはは。ずるくないもーん」

それは何年か前、いつも姉妹三人で過ごしていた時間とも似た空気感で。

「葵《あおい》お姉ちゃん」

「うん？」

大盛り上がりの対戦が終わると、遥は優しくコントローラーを置いた。

「昔……こうやってよくゲームやったよね」

「……そうだね」

寂《さび》しいような悲しいような、複雑な表情を浮かべる遥。遥がその言葉にどんな意味を込めているのかは、聞かずともわかった。

だから葵はその頭を、ぽんと優しく撫《な》でてやる。

そうでもしないと、寂しさが伝染してしまうと思ったから。

「……さ、遥！　もっかいやるよ！」

「え、えー！　まだやるの!?」

そして二人はまた、寂しさから逃げるようにだろうか。

それとも、懐《なつ》かしい楽しさを貪《むさぼ》るためにだろうか。

何度も何度も、何度でも、二人で対戦を繰り返す。

そのゲーム機につながっているコントローラーは、全部で三本。

余っている一つを握っていた妹は、そこにいない。

＊＊＊

そうして葵はいつの間にか、遥よりもアタファミの虜になっていた。

遥がいるときは遥と、そうじゃないときはオンラインで。まるでそこに自分の居場所を見出《みい》だすように、彼女はアタファミにのめり込んでいった。

それはひょっとすると、遥と笑い合えるゲームなら、なんでもよかったのかもしれない。あのときの思い出と感情を掘り起こしてくれるきっかけにさえなれば、ゲームである必要すらなかったのかもしれない。

ただ一つ偶然があったとすれば――アタファミが彼女の思う『神ゲー』の条件に当てはまっていたということだろう。

正しい努力が正しいかたちで結果へと結びつき、そこに理不尽さも不平等さもない。

シンプルなルールが複雑に絡み合い、深いゲーム性を形成する。つまりは『神ゲー』。

やり込むごとにそれは、人生と並ぶほどに面白いゲームに感じられていったのだ。

そして日本最多競技人口を誇り、オンラインでいつでも全国の強者と対戦できるという点。

その強さがレートという数字になり、可視化されるという点も、彼女の耽溺に一役買った。

数字と結果だけを信じ、努力でそれらを勝ち取ることがすべてだった彼女の心の空白を、これ以上ないかたちでぴたりと、埋めることになったのだ。


アタファミにのめり込み、数ヶ月。

とてつもないスピードでレート上位０．５％以内、最上位勢と言っても差し支えないところまでたどり着いたとき、彼女は気がつく。

なによりも正しくなってやろうと決めたあの日から。

誰《だれ》よりも勝ち続けなくてはならないと気がついた、あの瞬間から。

常に正しく、最強でありつづけたはずの自分が、バスケでは勝てなかった。

その理由は──。

「……」

いや、おそらくはあの負けた瞬間から。

ひょっとするともっと前、みんなで練習していたときから薄々は気がついていたのかもしれない。

彼女が勝てなかった理由は、きっと。

——それが個人種目ではなかったから、なのだ。

もちろん他者のやる気をマネジメントできてこその勝利、という考え方もあるかもしれない。けれど、あくまで他者は他者。完全にコントロールすることなど不可能だ。

それはきっと、彼女だけではなく部員たちも気がついていた。だから彼女たちは葵《あおい》のために限界まで努力を重ねようとした。けれどそれでも、彼女たちは葵と同じになることは出来なかったのだ。

きっとそこに、欠落にも似たエンジンが積まれていなかったから。

部員たちを責めるべくもない。

それはただ、人としての形が違った、というだけなのだから。

葵は部屋で取り憑《つ》かれたように、アタックファミリーズをプレイする。

オンラインネームはAoi。そこに理由はなくて、ただ単純にゲーム機に登録されていた名前がそれだったというだけだ。特別な名前をつける必要性も感じなかったし、ただひたすらに対戦に沈み込むには、ありふれた名前にするくらいがちょうどよかった。

なによりこうしていると、もう取り戻すことの出来ない後悔が少しだけ薄れた。努力の結果が瞬時にレートとして表れることが、性に合っていた。そうしていればこれ以上ない正しさを、証明できるように思えたのだ。

「……え」


そしてあるとき。彼女は驚く。

新しくマッチングした対戦相手の名前。それに見覚えがあったのだ。

はじめは偽者かとも思ったが、その横に記されている数字が、彼が本物であることを証明していた。

nanashi　　レート：2569

圧倒的な数値。その知った名前。

マッチした相手は日本最高レートを維持しつづけている最強プレイヤー、nanashiだった。

「……やった」

葵《あおい》の心に、静かな歓喜が芽生《めば》える。

ずっと戦いたかった。戦ってみたかった。

こうして男女も年齢も関係ない、このシンプルで平等な神ゲーで。圧倒的な成績を残しつづけている日本最強のトッププレイヤー。

勝負の世界ではなによりも正しい化け物だ。

その尊敬すべきnanashiと、こうしてインターネットを介してだけれど、向き合うことが出来ている。

自分はそれにどこまで食らいつけるのか。

彼の世界からは、どんな色の景色が見えているのか。

葵はまだアタファミではレート2000を少し超えたあたり。正直実力にはまだ大きな開きがあるだろう。

けど、これまでの経験から。

勉強に部活、人間関係まであらゆるものを分析と実践で『攻略』してきた自分なら。

少しくらいは爪痕《つめあと》を残せるかもしれない。

あのnanashiを、あっと驚かすことが出来るかもしれない。

勉強で培《つちか》った方法論で一つ一つの立ち回りを検証し、とことん洗練させた。

部活で繰り返したトライアンドエラーで緻密《ちみつ》な操作をマスターし、限界まで火力を伸ばした。

人間関係で培った駆け引きを使って、読み合いにだって勝ち続けてきた。

つまりこれは彼女の持論。

ルールと結果があるものはすべてゲームで。それはきっと、人生もアタファミも同じで。

ならば私は私の『人生』を全力で、このnanashiにぶつけてやろう、と。

葵《あおい》は逸《はや》る心を抑えて、決定ボタンを押す。

おそらく勝てはしない。けど私の『人生』は、ただで負けるほど薄くはない。

葵はゆっくりと息を吐くと、指先に意識を集中した。


——そして。

試合が終わったとき、葵は呆然《ぼうぜん》とコントローラーを持ったまま、画面を見つめていた。

「……すごい」

まるで、敵《かな》わなかった。

結果は大敗。そりゃ勝てると思っていたわけじゃない。負けて当然だとすら思っていた。

だけど、ここまでなすすべなく、圧倒的に負けるとは思っていなかった。

立ち回りの練度も、コンボの精度も、そして最も自信のあった読み合いという駆け引きでも。

まるで赤子の手をひねるように、あっけないほどの差をつけられた。

「……どうして」

ことごとく裏をかかれ、まるで彼の手のひらの上で踊らされているような感覚。誘導されるように動きを読まれ、自分が行動を選ぶその一瞬前に、最適解の攻撃が置いてある。

それは彼女にとって初めての体験で。けれどそれは決して、不快なことではなかった。

なぜなら戦いのなかで、たしかに実感することができたから。

個人競技をただひたすらに極めれば、ここまでの高みに上り詰めることができるのだ、と。

「nanashi……か」

葵は興奮からnanashiにチャットを送ろうかとも迷ったが——すぐにそれをやめた。

だって自分はまだ、この世界では何者でもないから。

きっといまの自分は、nanashiと対等に話す権利すら、持ち合わせていないから。

だからメッセージは送らず、葵はただ再戦のリクエストをする。

けれど。

「……あ」

次の瞬間。nanashiは対戦部屋から退室してしまっていた。

そのときの葵は彼にとって、そのくらいの存在でしかなかった、ということだろう。

「……そっか」

言葉を漏《も》らし——しかしそのとき、葵は高揚していた。

想起されたのは全国大会のあと。打ち上げの挨拶《あいさつ》。
そこで心に刻みつけられていたのは、身が裂けるほどに深い、孤独と断絶だった。
口々に漏《も》らされた、楽しいという言葉。
だけど、自分だけは違った。本気で一位を目標にしていたし、それだけが欲しかった。
そこに楽しいなんて感情は、必要ないと思っていた。
ただ勝ちだけを、正しさだけを追い求めて、自分の空っぽを満たしてきたけれど。
もしかすると自分は異形の魔王で、誰《だれ》ともわかり合えない存在なのかもしれない、と。
——けど。
いまこの瞬間だけは、明らかに違っていた。
誰にも負けないと思っていた努力。構造の分析と、人間同士の駆け引き。
つまりは自分にとっての『人生』のすべてが、彼の前では塵《ちり》同然だったのだ。
そんなのは彼女にとってあり得ないことで——だからこそ、葵《あおい》は歓喜に震《ふる》えていた。
だってそれは、バスケ部の挨拶のときとは真逆で。

今度は自分こそが、ただのギャラリーで。

いつの間にか彼女の心に芽生《めば》えていた、ある一つの期待。

自分が登ろうとしていた高みの先は、誰もいない、仄暗《ほのぐら》い場所ではないのかもしれない。

その頂ではきっと、自分よりも努力を繰り返した、誰かが待っている。

そう。もしかすると、この人なら。


この日本最多人口を誇る個人競技の覇者なら、この孤独を共有できるんじゃないか。


なにもかもが未知だった。

なにもかもが楽しみだった。

そこに向かって走り出せば今度こそ本当に、ゴールに辿《たど》り着けるのだろうか。

「……nanashi」

葵はつぶやきながらゲーム機の電源を落とし、スマートフォンでYouTubeを開く。探してみると、オンラインで当たったnanashiとの対戦をアップしている動画が、いくつも見つかった。おそらく許可は取っていないのだろう、けれど彼女にとってそんなことは関係ない。葵はそれを片っ端からマイリストへ入れていく。

そしてそのまま、葵は以前編集したワードファイルを開いた。

表示されたのは、空っぽのままの彼女の真ん中。つまりは『中くらいの目標』。

葵はその場所にゆっくりと、文字を打ち込んだ。

『nanashiを超える。』


そうして彼女はワードファイルを閉じ、刻まれた新しい覚悟を胸に、食い入るようにnanashiのプレイを分析しはじめる。

まずは真似《まね》から始めよう。最初は偽物でもいい、フリでもいい。

いつかその偽物のなかに、本物の正しさが根付けばいい。

だってほんとうの自分自身はあのときに死んで、いまの私はきっと、誰《だれ》でもないのだから。

だったら——そうだ。

私がいないのなら、初めからこんな名前に意味なんてない。

私は太陽の力なんて借りなくても、一人で強く立てるんだ。

なら——。


葵《あおい》は高揚した心に身をまかせてゲーム機の設定画面を開き、その欄を開く。

そして、一つ一つ、魂に刻みつけるようにキーを打ち込んでいった。

自分が空っぽなことなんてわかってた。けど、だからなんだっていうんだ。

ならばその空白を、摑《つか》み取った勝ちで埋め尽くしてやればいい。

自分以外から与えられたすべてを捨てて、空っぽにも意味が与えられるのだと言うことを、己の力だけで、証明してやればいい。


だから彼女は、消した『Aoi』の跡に、六つの英文字と、一つの空白を打ち込むと――

あの初めての敗北を、塗りつぶす覚悟で。

達成できなかった目標を消したときよりも、熱を込めて。

――人生に決意の旗を打ち立てるように、エンターキーに中指を、力強く叩《たた》きつけた。


そして、その一年と半年後。

彼女が日南葵《ひなみあおい》として、弱キャラのnanashiと相まみえることになることを――このときのNO NAMEはまだ知らない。

3

好きな人のカノジョ

あんまりはっきり言うと切なくなるからちょっとぼやかして言いたいんだけど、どうやらワタクシ七海《ななみ》みなみは失の恋というヤツをしたことになるらしい。

なんて感じで自分の感情から距離を取ってフカンしてみるのは傷ついちゃったときの私の悪い癖《くせ》で、そうすればちょっと楽になれるような気がしてるんだけど、まあやってみてもさほど変わらないのが実際のとこで。なのに何故かやめられないのが、現実逃避の困ったところだったりする。

けど少しは褒《ほ》めてほしい、よしよしえらいえらいってしてほしい、だって私は好きだった男の子の背中を押して、ほかの女の子のところに走らせたわけなんだから。そうしなかったらいまごろ私が、とまで言うつもりはないけど、それで結局あの二人が付き合うなんてことになったわけで、これはもう審判がぴーって笛を吹いてスリーポイントくらい入れてくれるレベルのアシストを決めたことになるんじゃない？　やるじゃんみなみちゃんヒューヒュー、けどまあ問題はそれがオウンゴールだった、ってところなんだけどね。

私は私だから私の専門家で、私のことは誰《だれ》よりもわかってる、とか思ってると足をすくわれるのがいつものパターンで、私は昔からそれで苦労してきた。たぶんこうしたほうがいいよねってやったことが自分自身を苦しめて、欲しかったものを誰かに譲《ゆず》ってしまっていて。けどその誰かが報われてるからいいかって思おうとして、けど本心ではそこまで完璧《かんぺき》には思えるわけもなくて。そんなことを何百回と繰り返して、はてさて私はなにがしたいんでしょう。

なんか自分ばっかり損してるよなあ、とか思い始めちゃったら赤信号、後悔の連鎖がぐるるとネガティブまで落ちてって、暗くて深〜いとこで転んじゃってる。擦りむいた傷口から流れてるのはきっと血よりも涙に近くて、っていうかそもそも血と涙ってほとんど成分が同じなんだよ知ってた？　とかいうみみみちゃん流の豆知識で誤魔化《ごまか》してみたりして、誰に向かってかっこつけてるんだろうね。

ただ、一つだけわかってること。

それはこの冬休み、私はなんだかモヤモヤして過ごすんだろうってことと、私は今度こそ本当に欲しかったものを手放してしまったんだなってこと。それって二つじゃんとか細かいこと言わない言わない、私のなかでこれは二つセットで一つだからそれでいいの。

じゃあ結局のところどうすることにしたかって？　そんなのずっと前から同じに決まってる。

私は私らしく明るく楽しく、そしてうるさく生きるのだ。

＊＊＊

それが起きたのは偶然だったけど、ほんの少しも予感がなかったかと言えば嘘《うそ》になる。

だって言われてみればたしかに、すごく似合ってる空間だったから。

「あ……七海《ななみ》さんに、夏林《なつばやし》さん……？」

年末のある日。文化祭の打ち上げから数日後。

私とたまが二人で雪の積もった大宮《おおみや》を二人で歩いてやってきたお洒落《しゃれ》なカフェで、それは起きた。

いまテーブルの向かいにはたまが座っていて、目の前にはなんと、風香《ふうか》ちゃんが立っている。

「え、風香ちゃん⁉」

風香ちゃんはなんとメイド服を着ていて、手にはお水がのったトレイを持っている。一瞬尊すぎて雪の妖精《ようせい》かと思ったけど、ここは室内だしどうやら違うみたい。ってことは風香ちゃんはたぶんここで働いてるってことで、私はもじもじして顔を赤らめている風香ちゃんを、じっくりと眺めた。

「なにその格好⁉　かわいすぎ！」

風香ちゃんはいつもはかけていない眼鏡をかけていて、コスプレっていうよりは少し大人しめなメイドの衣装を着ていてそれもめちゃくちゃ似合っている。見た瞬間に私はほとんどKOされていた。

「すごいよ風香ちゃん完璧《かんぺき》すぎる！　もうそれ着て学校おいでよ！」

「え、ええっと……」

「写真撮っていい⁉　お願い！　自分だけが見る用にするから！」

「あ、あの……」

「みんみ。菊池《きくち》さん困ってる」

私のだる絡みに、たまがじとーっとした目でツッコミを入れる。そしてすぐにくすっと笑って、呆《あき》れたように目を伏せた。私はたまのコロコロと変わる表情が大好きで、しかも今はその横で別のかわいい生き物が困ってるんだからダブルでたまらない。ハーレム過ぎて追加料金請求されてもしかたないなって思う。

「ごめんねみんみが。菊池さん、ここでバイトしてるんだ？」

「う、うん」

変なことしか言わない私とは対照的に、たまはすごく優しく菊池さんに話しかけている。やっぱりエリカとの一件があった以降のたまは柔らかくて、もう私がいなくても平気ってくらいに人と関わるのが上手になっていた。大きく育って私は嬉《うれ》しいようんうん、けどかわいいものはかわいいから、私は相変わらずちょっかいをかけつづけるんだけどね。

「菊池さんにぴったりのカフェだね」

たまが店内をぐるっと見ながら言う。

「そ、そうですか……？　ありがとうございます」

「えーと、いつからバイトしてるの？」

「二年生になったくらいから……」

「そうなんだ！」

たまと風香《ふうか》ちゃんがいい感じに会話していて、私はそれを指をくわえて見ている。なんかたまがいつもよりちょっと積極的な感じがするのはなんでだろうとか思いつつ、この二人の素敵な会話を無料で見れるだけで満足だからよしとした。ちなみに私は嘘《うそ》をつかない女だから、指をくわえて見ているって言ったときは本当にくわえてる。

「えーとそれじゃ……注文決まった頃《ころ》に伺いますね」

「わかった！」

「えー風香ちゃん行っちゃうの寂《さび》しい！　また来てね！」

「は、はい」

私はまた困った表情を向けられてゾクゾクしながらも、水をおいて去っていく風香ちゃんをばいばーいと手を振って見送った。風香ちゃんはちょっとだけ大人しめに手を振り返してくれて、それがまた私に刺さる。なんてかわいいんだ。

「いやー、最高のお店ですねえ」

「まだなんも食べてないでしょ」

「あ、そうだった」

私は思わぬ出会いにドキドキしながら言うけど、たまは相変わらず冷静だ。あんなにかわいい生き物を前にして冷静でいられるのは、たまも同じくかわいい生き物だからかもしれない。

「似合ってたなあ……」

私は思わずつぶやいてしまう。

だってやっぱり風香ちゃんはかわいい。どこぞのお嬢様かってくらいにおしとやかで、なんか香水って感じじゃなくて洗剤とかシャンプーっぽいニュアンスの自然ないい匂《にお》いがするし、髪の毛もさらさらで、ていうかそもそも顔がいい。女の子の理想的な要素を詰め合わせたって感じの完璧《かんぺき》美少女がそこに完成してる。そんでその子がメイド服を着ているんだからそりゃあ大変なことになる。

「だね。みんみも着たら？」

なんてことをたまが言うけど、私は自分がメイド服を着ている姿を想像して、うーんってなってしまう。なんかたぶん、ぜんぜん似合わないとかではないのかもしれないけど、すごいコスプレですって感じになってる自分が浮かんだ。だって私って風香ちゃんみたいにフェアリー感ないし、ぎゃーぎゃー騒ぐメイドさんってあんまりイメージ沸かないでしょ。

「いやあ、私はそんな柄《がら》じゃないでしょ！」

だから私は本音でそう返す。

風香ちゃんはふわふわしてて、体もすっごい細くて白くて人形さんみたいで。けど芯《しん》が強い感じもして、なんだかこれぞヒロインって感じの女の子で。動きも声もひたすらうるさい私とは大違いだから。

とか考えていると、ふと心の底から黒いなにかが湧《わ》いてくるのがわかる。だってやっぱり男の子ってああいう女の子のほうが――

「……みんみ？」

ふと気づくと、たまが私の顔を覗《のぞ》き込んでいる。あ、やばいやばい、いままた黒みみみになりかけてたかも。最近の黒みみみは油断するとすぐにょきにょき生《は》えてくるから、ちゃんと気を張ってないといけない。

嫉妬《しっと》とか自己嫌悪っていうのは気がついたら雪みたいに心に降り積もっていて、どかそうと思っても結局端っこのほうにこんもりと残ってしまったりする。きっと最終的には溶けるのを待たないとダメだから、せめてそれまでの間は、滑らないようにしないといけないよね。

「……んー？　どしたのたま？」

私はなんでもないふうを装いながら、にこっと笑顔を作る。こうやって笑うのは私の得意技だから、いくら鋭いたまだからといって、その奥を見抜けるはずはないのだ。

「ふうん。……なんでもない」

たまはちょっと不服そうにしながらも、追及の手を止めてくれる。なにかに気がついても、私が話そうとしないならそれは聞かない。自分は自分で人は人、ってちゃんと分けて考えられてるのがたまっぽくて、そういうところを私は尊敬してる。

「なんかあったら言ってもいいからね」

さらっとした口調で言うたまの言葉は、ぶっきらぼうだけど愛にあふれていた。私はそれを聞いてたまラブ、って思う。

「うん。ありがと」

だから私は少し迷って、けどやっぱり話すのをやめた。

たまは私が友崎《ともざき》と仲いいことは知ってても、好きって言っちゃったことまでは知らない。別に隠してるわけじゃない。けど、これ以上たまに自分の弱いところを見せて、甘えたくなかったんだ。

それに——いま話しても友崎はもう菊池《きくち》さんと付き合ってて、なんて言えばいいかわからないだろうから。

「ねえねえ、てかなんにする!?　ここ全部美味《おい》しそうだよ!?　私もうお腹空《なか》いた！」

私はやっぱり誤魔化《ごまか》して、いつもの明るくうるさい声を作りながら、ファンタジーっぽくてお洒落《しゃれ》なメニュー表に視線を落とした。そして頷《うなず》いたたまと一緒に、それをじっくりと見る。

隠し事してる感じもするけど半分はそうじゃない。なにせ、お腹が空いたのはホントだからね。

＊＊＊

それから私たちはご飯を食べ終えて、ゆっくりと過ごす。食べたハンバーグもおいしくて最高で、心残りはお昼時で忙しかったから、風香《ふうか》ちゃんに全然セクハラできなかったことくらいだ。いまはだんだん落ち着いてきているから、ここで取り返さないといけない。

「え、てか紅茶もうま！」

私は食後の紅茶を優雅に飲みながら言う。

いつもはミルクも砂糖もたっぷり入れて甘々にするんだけど、なんかこだわりありそうなお店だし、って思ってミルク無しの砂糖控えめにしてみたらこれが大成功。ほのかな甘さに華やかな香りが活《い》かされて、最高の紅茶になった。ふっふっふ、私も大人になってしまったようですね。

「そうだね！　おいしい」

レモンティーを飲みながら、たまも頷《うなず》く。

「ハンバーグもおいしかったし、風香ちゃんもかわいい。これは最高のお店を見つけてしまいましたねぇ……」

「セクハラはほどほどにね？」

抜け目ないたまは、私の下心をしっかり見抜いて注意してくる。これが『私以外の女の子にセクハラしないで！』とかだったらかわいいんだけど、そんなことほんとにこれぽっちも思っていなさそうなところが逆にそそる。

そんな感じでしばらくなんでもない会話をしていると、ふとたまが席を立った。

「ちょっとトイレ」

「はーい。一緒に行こうか？」

「ううん大丈夫」

そしてたまは私に塩対応しながら、てくてくとトイレに向かう。その後ろ姿もかわいくて、私はつい後ろから突撃しようかと思ったけど、ここは学校じゃないから我慢した。私はしっかりとＴＰＯをわきまえる女なのです。

一人になった私は暇《ひま》を持て余して、どうにか風香ちゃんに絡んでいけないかとキョロキョロとあたりを見渡す。

すると。

「お疲れさまです」

カフェの出口のほうからすごく透き通った声が聞こえて、私ははっとその方向へ振り向く。すると、そこには私服に着替えてカフェの店員さんたちに挨拶《あいさつ》をしている風香ちゃんがいた。よし、しめたものだ。

私はご機嫌になって手をぶんぶん振る。

「風香ちゃーん！」

私の声に気づいた風香ちゃんはこっちに気がついて、ちょっと緊張した感じで微笑《ほほえ》む。そしてゆっくりとこちらに歩いてきていて、これはかなりのセクハラチャンス。

「もしかしてバイト上がり?」

「は、はい。そうです」

スマホを見てみると時間は十五時時過ぎ。朝から働いててこの辺であがりってことかな。それは丁度《ちょうど》いい。

「お! じゃあさ、お姉さんちょっと一緒にお茶しない?」

私のなかのかわいい女の子レーダーが勝手に動いて、私は勢いで古くさいナンパみたいな台詞《せりふ》を口にする。でも風香《ふうか》ちゃんって攻略難易度が高そうだから、たぶん断られるだろうなー。

――とか、思ってたら。

風香ちゃんはしばらくうーんと悩んだあとで、こんなことを言った。

「ええっと、それじゃあ……ぜひ」

それはすごく意を決したみたいな表情で、ちょっとこれは意外な展開だったかも。いまはたまもいないし、二人っきりって風香ちゃん緊張しないのかな。私は珍しくちょっと緊張する。

「えっと、嫌《いや》だったら断っても平気だからね?」

私はなるべく優しいトーンで風香ちゃんに言う。

「あ、その……大丈夫です。いやじゃ、ないです」

「……そお?」

いやじゃないとは言いつつ風香ちゃんは明らかに緊張している様子で、こっちから誘っておいてなんだけど、そこまでして受け入れようとしてくれる理由があんまりわからなかった。けど、一緒に話したことってあんまりなかったし、いい機会なのかもしれない――。

とか考えながら、私は少しずつ冷静になっていく。

勢いで話しかけたけど、これって、もしかしてちょっと気まずい？

だって、私が前に告白した男の子のいまの彼女が、この風香ちゃんなんだ。

私の頭の中でいろんなことが頭を駆け巡っては、少しずつ焦《あせ》りが膨《ふく》らんでいく。

風香ちゃんって、私が友崎《ともざき》に告白したこと、知ってるのかな。

知ってるとしたら、どんなふうに思ってるのかな。

もし知らないとしたら、ちゃんと話しておくべきなのかな。

ここで風香ちゃんに打ち明けたら……やっぱり気をつかって、もうあんまり友崎と話さないほうがいいのかな。

そんなことを考えてると、私と話してるのを見た風香ちゃんの先輩らしき二十代くらいの女性店員さんが「え！　菊池《きくち》さんのお友達!?　それじゃあみんなにケーキ一個サービスしちゃおうかな！」とか華やいでいって、どんどん後戻りできなくなっていく。

「あ、ありがとうございます」

「えっと……」

風香《ふうか》ちゃんはそんな店員さんと私を交互に見ながら、困ったように笑った。そして。

「そ、それじゃあ、失礼します」

菊池《きくち》さんが私の正面に座って、おずおずと姿勢を正した。

「う、うん！　ようこそ！」

そして私にもなんだか緊張が伝染してしまう。

私と風香ちゃんの一対一の対談が始まった。

＊＊＊

「えっと……その」

風香ちゃんはあわあわ目を泳がせていて、そういうところが小動物っぽくてかわいい。話題を探してるっぽいんだけど、そういうのはこのみみみちゃんにまかせときなさい。

ってことで私はこんなことを言ってみる。

「いやーっ！　まさかブレーンと付き合うとはねぇ！」

いきなり核心にぶち込んだ感じだけど、このタイミングだとこの話題を避けるほうが不自然だし――それに、もしなにか知ってるんだとしたらカマをかけておきたいな、なんて下心もあったりして。自分でもちょっとずるいと思う。

「やっぱり意外……ですか？」

風香ちゃんはこちらを窺《うかが》うみたいな視線をちらっちらっと送ってきた。話題が話題だから私もそわそわしながら、いつもの調子を保とうと意識する。

「うーん。意外ではないかな。けどなんだろ？　友崎《ともざき》ってそういうの興味なさそうじゃん？」

私が言うと、風香ちゃんはくすりと楽しそうに笑った。

「あ、それはそうかもです。自分が好きなこと以外は視野に入らない、みたいな感じします」

「だよねだよね！」私は言いながら笑う。「ゲーマーだからって言ってたけど、ちょっと極端すぎっていうか！」

「ふふふ。ですよね」

「だねぇ」

という感じでなんか二人して友崎あるあるで盛り上がる。あれ？　なんかちょっと打ち解けた感じになったぞ、とか思いつつ、この調子だと風香ちゃんは私と友崎のことは知らないいっぽいなーって計算しちゃってる私は、やっぱちょっと卑怯《ひきょう》なのかもしれない。

けどなんだろ。風香ちゃんが友崎のことを嬉《うれ》しそうに話しているのを見ると、なんだかちょっと、心がちくっとしちゃうな。

私はそんな自分がちょっと嫌《いや》で、けど、そう思ってしまう黒みみみは止められなくて。

「だから、二人がどんな会話してるのか想像つかないもん」

こんなふうに、二人のことを探るような方向に会話を動かしてしまう。

風香《ふうか》ちゃんは少しだけ思い出すように上を向いて、また口を開いた。

「どんな会話……」

「将来の話とか、生き方の話とか……?」

「思ったより深い話してる⁉」

出てきた単語の壮大さに私はつい吹き出してしまった。けど、それもどこか友崎《ともざき》っぽいなーとか思ったりして、ってことは逆に私はそういうところが足りなかったのかなーとか思って、胸がきゅっとなる。なんか自分できっかけを作って自分で傷ついて、ちょっと私ご乱心すぎません?

「えーと、私のこととかなんか言ってたりしなかったー? 陰口は許さん!」

そして私はついに勢いにまかせて思わずほとんど直接的に聞いてしまった。自分のこと。本当に聞きたいのは陰口なんかじゃないもっと大事なことなのに、ちょっとふざけて誤魔化《ごまか》してしまって。この調子じゃいつか神様からバチを当てられそうだ。

「七海《ななみ》さんの話……ですか?」

「うんうん」

「えーと……」

しばらく考える間があって、私はそんな些細《ささい》なことに怯《おび》えてしまう。それにもし風香ちゃんが全部知ってたんだとしたら、いま、私のずるさが見通されてるのかもしれない。

やたらと緊張した数秒が経《た》つ。

風香ちゃんは困ったように口を開いた。

「特には……駅からの帰り道が一緒で、仲がいいんだなーってことくらいですかね……」

「……んー、そっか」

その口ぶりからは隠し事をしてるような様子は見られないし、たぶん本当に知らないっぽい。けどなんだろ、ブレーンが私のことを話してないってことにもなんかちょっと落ち込んでしまうと言うか、たぶんブレーンのことだから勝手に言うのはよくない、とかそういうことを考えてくれてるんだろうけど、私の告白はその程度だったのブレーン!?　とか言いたくなっちゃっていやなに言ってるの私!?

ていうか冷静に考えて、こんなふうに試すようなことするのってよくないよね。こんな素直な子を困らせて、ちょっとさすがに悪いことをしてると思う。

「えっと、実はさ」

だから私は、それを自分のなかで償うみたいに、白状することにした。

「私……ちょっと前、ブレーンにさ。……好きって言ったんだよね」

「ええっ!?」

私が言うと、風香《ふうか》ちゃんは目をまん丸にして驚いて、いままで聞いたことないくらい大きい声を上げる。

「あ、ごめん、突然」

「いや、ええっと、その……」

そして風香ちゃんはなにを言うべきか、みたいな感じで視線を泳がせてしまった。あ、ていうかそうだよね。目の前に実は恋のライバルでしたって女がいて、けどいまは自分が相手の男と付き合うことになってて、そりゃなんて言えばいいか迷うよ。付き合ったあとにそんなこと言われても困るだけだよね。取っちゃってごめんなさいとか言うのも違うし、かといって逆に余裕ぶって対応するみたいな性格悪いことをするような子なわけないし、なんだかやっぱり困らせてしまってる。

「……いやーっ！　私の負けだね！」

だから私にできるのはやっぱり、楽しくうるさくすることくらいで。

「ま、負け……？」

「ほら、私もブレーン好きだったからさ！　けどブレーンが選んだのは風香ちゃんで、つまり恋は戦争！　恨みっこなし！」

「せ、戦争……」

「そうそう、っていうか気にしないで……ってわけにはいかないと思うけど、ちゃんと筋通

したかっただけだから！」

　私がびしっとサムズアップしながら、いつもの調子で空気をほぐすように言うと、風香《ふうか》ちゃんは真剣な表情で私のことを見ていた。

　そしてちょっと怯《おび》えたような表情のまま、けど落ち着いたトーンで、こんなことを言う。

「えっと、私は……戦いとかではないと思うんです」

「え。そ、そう？」

　私は特に考えもなく軽い気持ちで戦争とか言ってしまったから、返ってきた真っ直《ます》ぐな言葉に、思わずたじろぐ。なんかそういう適当なところがよくないのかなーとか思って、けどそれを見透かされたくないから、つい隠すみたいに取り繕《つくろ》ってしまって。なんかさっきから一人で空回りしてる気がする。

「人と人が恋人同士になるのって、いろんな理由があると思ってて……」

「……うん」

　ちょっぴり不器用な言葉運びで伝えられる風香ちゃんの考え。それはきっと、風香ちゃんなりに私と向き合おうとしてくれてる、ってことなんだと思う。なら私も、ずるいなりにきちんと向き合わないといけない。

「目指してるものが近いってことだったり、単純に一緒にいて楽しいってことだったり……それか、お互いにないものを埋め合ってる存在だったり……そういうのだと思うんですけど」

そして風香ちゃんから飛び出した言葉は、私にもちょっと思い当たる節があるものだった。

「それ、なんかわかる気がする。私も好きになるのって、そういうのが多いかも」

「ふふ。ですよね。私もです」

風香ちゃんは、いたずらっぽく笑う。

「え。ってことは風香ちゃんも、いままで結構いろいろ人を好きになったりしてたんだ？」

「もちろんです。私だって女の子ですから」

「へぇ～！　なんか意外」

そして私は風香ちゃんと、顔を見合わせて笑う。なんかぐっと距離が縮んだ気がするし、やっぱり女同士が仲良くなるのって恋バナが一番だね。始まりは私のずるい質問だったわけだから、そこは反省してるけど。

「埋め合ってる……か」

繰り返して言いながら、私の胸にちくちくとまち針が刺さるのがわかった。

「……ってことはたぶん、一方的に埋めてもらうだけじゃダメってことだよね」

私が言うと、風香ちゃんは透き通った魅力のある瞳《ひとみ》で、私をじっと見つめる。

そしてそのままゆっくりとした口調で、こんなことを言った。

「――七海《ななみ》さんは、そうだったんですか？」

不意に、心のなかを見通されたような静かな迫力に圧《お》された。会話やコミュニケーションはなにより得意なはずの私が、いつのまにか言葉に困らされていた。

けどそれは無理矢理踏み込まれたというより、単に奥を見透かされてしまったような感覚で。

――一方的に埋めてもらうだけだったのか、って、私にとって結構痛いところだ。

「え、えっと……」

「あ……ご、ごめんなさい、突然。失礼、ですよね……」

「あ、ううん！」

不意に心の奥に届くような言葉を投げかけられてびっくりしたけど、失礼なんてことではない。むしろ風香《ふうか》ちゃんのほうがまっすぐで、私がぐるっと回り道するみたいに話しちゃってたのが悪いんだ。

それに、ちょっと思う。

こんな話題を振っておいて、しかもカマかけるようなことまでしちゃったのなら。

ちょっとくらい隠したい気持ちを、自分から打ち明けるべきなんじゃないかって。

「私が……思うのはね」

「はい」

私が語りはじめると、風香ちゃんは真剣な表情で私の言葉を追った。

「たぶん……私は友崎《ともざき》の自分の芯《しん》を強く持ってる部分に憧《あこが》れてて」

「芯……」

　風香ちゃんは納得したみたいに頷《うなず》くと、また黙って私の話を聞いてくれる。

「友崎のことを好きになったのも……足りない部分が埋まったような気がしてたからだと思ってるんだよね」

　私がふわっとした感じで言うと、風香ちゃんはうーんと真剣に考えてくれる。

「足りない部分が埋まるって言うのは……一緒にいるとちょっと強くなれた、みたいなことですか？」

「うーん？　そうなのかな？」

「えっと……友崎くんと一緒にいるときの自分を、好きになれた、とか」

「あ……それはそうかも！」

　言われてあっさり納得してしまう。たしかに私は友崎といるときはその芯の強さみたいなものが伝染した気がして、だから心地《ここち》よくて。普段は自分のことをそんなに好きじゃない私だけど、ブレーンといるときの自分は好きになれたんだ。

「ふふ。わかります。友崎くんって気は弱いですけど、そういう強さはありますもんね」

　風香ちゃんの言うことがすごくクリアにわかって、だから私は思わず笑ってしまう。

「あはは。それは私もすごいわかる」

　だけど同時に——どんどんと胸が詰まって、息苦しくなっていくのを感じた。

「自分でこれって決めたら、なにがあっても前向きにあきらめないで進むんですよね」

「……うん」

弱いのに強くて。

「人になにか言われたから、曲がってしまうとかはなくて……」

臆病《おくびょう》なのに迷いがなくて。

「自分を、信じてるんですよね」

たぶんこんなこと考えてるのって、性格悪いよなあって思う。

けど、このどうしようもなく心が冷えて縮んじゃうような感覚は、誤魔化《ごまか》しようがない。

だって、思ってしまったんだから。


そんな友崎《ともざき》のかっこいい部分を知ってるのは──自分だけであってほしかったな、なんて。


こんなの振られた人が思っていいことじゃないのはわかってる。

むしろ風香《ふうか》ちゃんこそが友崎が選んだ相手で、ならそのくらいのこと当然、理解してるに決まってるってこともわかってる。

けど、私のなかの私が、そう叫んでしまっていたんだ。

「私も……そういうところは、素敵だと思います」

「あはは……だよね。うん、わかる」

私は風香ちゃんの言葉を聞きながらどんどんつらくなっていって。

耳を塞《ふさ》いでしまいたくなって。

けど、それでも私は、風香ちゃんのことを嫌いになんてなれなかった。

だって——風香ちゃんの言うことが全部、心の底から同意できちゃったから。

自分の好きな人のことをこんなふうに褒《ほ》めてくれる人のことを、嫌いになんてなれるわけなかったんだ。


「そっか……そうだよね」

そして同時に、私は実感していた。こんな気持ちになるってことは、やっぱり——。

「私さ。たぶんまだ、友崎のこと好きなんだよね」

「……はい」

だから私は、そのことを伝えることにした。

「まだ友崎のこと、あきらめたわけじゃない」

「はい。……そうだと思います」

風香ちゃんは複雑な表情で、だけど真《ま》っ直《す》ぐに、私のことを見ている。

その瞳《ひとみ》に、敵意や怒りはない。

「よくないことをする気はないけど、自分の気持ちに素直に行動したいって思ってる」

それは宣戦布告っていうよりも、私のなかでは選手宣誓に近くて。

「それでも、いいかな」

信じられないくらい大胆なことを言っちゃったけど、私の心はなぜか落ち着いていた。

「私は……好きって気持ちに不正解なんて、ないと思ってて」

「不正解？」

突然不思議なことを言った風香《ふうか》ちゃんはこくりと頷《うなず》いて、私にまっすぐ、自分の考えをぶつけるように。

「強い人に憧《あこが》れて好きになることもあれば、弱い人を助けるっていう役割に依存して、好きになることもあると思います。追いかけてくる誰《だれ》かを好きになることもあれば、嫉妬《しっと》から思いが加速することもあります」

「それは……そうだね？」

私は森のように静かな言葉に飲まれて、ゆっくり頷いた。けど、それで風香ちゃんがなにを言いたいのかはわからなかった。

私がじっと見ていると、風香ちゃんは少しだけ言葉に迷いながら。

「それがどんな理由でも……好きだって思ったのなら、それは正しいんです」

風香ちゃんはどうしてだろう、懸命に私を説得するように。

「だから私は――七海《ななみ》さんが友崎《ともざき》くんが好きだって気持ちを、尊重したいです」

そんなことを言ってくれる風香ちゃんのことを、やっぱり嫌いになんて、なれるわけがなかった。

「……そっか。ありがと」

私は素直に感謝を伝える。だってまさか自分の好きって気持ちを、友崎の彼女の風香ちゃんに肯定してもらえるとは思わなかったから。

少しして、菊池《きくち》さんはなにかに気がついて焦《あせ》って取り繕《つくろ》うみたいにこんなことを言う。

「あ。……えっと、ごめんなさい。そ、そんなこと言える立場じゃ、ないかもしれないですけど……」

「あはは。それもたしかに」

「で、ですよね……！」

そうしてあわあわとする菊池さんもやっぱりかわいくて。私は嫌いどころかむしろ、この子のことを好きになっているのかもな、なんて思っているのだった。

「ありがとね。ほんとに」

＊＊＊

そうしているとたまが戻ってきて、友崎《ともざき》についての話は終わる。

みんなで演劇とか受験とかのことについて会話して、一時間くらいで解散することになった。

「えっと……それじゃあ私、本屋さん寄るので」

「りょーかい！　ありがと風香《ふうか》ちゃん！　楽しかった」

「気をつけてね！」

私たちが二人で見送ると、風香ちゃんも笑顔で、手を振ってくれた。

「私も、楽しかった！　そ、それでは！」

「ばいばーい！」

「じゃあね」

私は元気よく手を振りながら、またもや悶絶《もんぜつ》していた。あの風香ちゃんの口から飛び出す『楽しかった』なんて言葉、ちょっと私には手に余る。

駅とは反対側の方へ向かう風香ちゃんの背中を見ながら、私はぼんやりとたまに言う。

「いやあ、珍しい組み合わせでしたねえ」

そして私がくるりと駅へと振り向くと、たまは私の言葉をスルーして、私の背中にこんな言葉をぶつけた。

「みんみってさ、友崎のこと好きだったよね？」

「ええ!?」

相変わらずの超速球でぶん投げられたたまの言葉に、私はものすごい大声をあげながら振り返ってしまう。さっきも風香ちゃんとディープな話したし、今日はそういう日なんですかね!?

「な、な、なんで!?」

「見てればわかるよ?」

たまはもう疑いの余地なしって感じで言ってきて、どうやら誤魔化《ごまか》すこともできないみたいです。

「えーえーと……ま、まあ、好きだった……けど」

「だよね」

たまはやれやれ、みたいな感じでふうとため息をついて、なんかすごい余裕を感じる。体は子供、頭脳は大人って感じだ。

「菊池《きくち》さんと、大丈夫だった?」

またオブラートゼロで放たれた言葉に私は驚きながらも、やっぱりたまって柔らかく変わったんだなあって、実感していた。

そっか。あの状況を見て、それで言おうって思ったんだね。

「心配してくれるんだ?」

「そりゃあ、するでしょ。トイレから戻ろうとしたらなんか複雑な雰囲気《ふんいき》だったたし」

「あー……って、ん?」

そこで少し引っかかる。だって、戻ろうとしたら、ってことは……。

「たま、もしかして時間潰《つぶ》してた？」

するとたまはつーんとした表情で。

「そりゃそうでしょ。あそこに入っていくほど、私空気読めない子じゃないよ？」

「あはは、たまから空気読むって言葉が出るとは」

「読みたいときは読むこともあるの」

「ふーん……」

私はなんだか嬉《うれ》しい気持ちになりながら、風香《ふうか》ちゃんと話した内容をもう一度思い出す。

それはどちらかと言えば、お互いを理解し合うための本音の交換で。

「大丈夫だよ。ちゃんと自分の気持ちを話して、喧嘩《けんか》もしないでわかりあった」

「ほんとに？」

「うん」

私は頷《うなず》く。けど、私にはまだちょっと心残りがあった。

「……ね。私がブレーンのことを好きになったのって……ブレーンの強さに寄りかかりたかったからなのかな？」

「どしたの？　急に」

「えっと、菊池《きくち》さんとそういう話をしてさ。友崎《ともざき》を好きになった理由、みたいな」

「ふーん……」

たまは私の表情を観察するように見ながら、小さく相槌《あいづち》を打つ。

「みんみは、寄りかかりたかっただけだって思うの？」

「うん」

「なんで？」

びっくりするくらい真《ま》っ直《す》ぐ問われた言葉に私はある意味安心しながらも、えーとと答えを考える。自分が友崎を好きになった理由。

それはたぶん、風香ちゃんとは、違うところだ。

私はたまのことをじっと見ながら、一緒に自分のことを省《かえり》みるみたいに。

「……自分だけで自分を支えるのがつらいから、だからって自分を変えるのはもっと大変だから、もともと強い人に頼ってたのかなーって」

なんか勢いに任せてめちゃくちゃ重いことを言ってしまったけど、たまは変わらない表情でそれを聞いてくれている。

「だとしたら……それって頼ってるだけで、本当に好きだったとか、言っていいのかなあ、って。風香ちゃんは、いいって言ってくれたんだけど」

風香ちゃんはなんていうか友崎と考えてることが近くて、性格とか人間性とかもちょっと似ていて。だからいろんな理由があって、付き合うってことになったんだろうなって思った。

けどそれと比べて私は、ただ単に自分の荷物の重みを預けられる相手だと思えたから、ってだけなのかなあなんて、思ってしまっていたんだ。

たまは唐突な私の話をしっかりと受け止めて、真剣な表情でそれを考えてくれている。

「んー。私が思うのは、だけど」

「うん」

そしてたまは、どこか実感のこもった言い方で。

「寄りかかられてる側って、たしかにずっしりと重いなーとか、大変だなーって思ったりするかも」

「や、やっぱそうだよね」

私はその言葉がぐさっと、胸に刺さるのを感じる。

「うん。だけどね？」

そしてたまは、にっこりと包み込むみたいに笑って、

「……寄りかかられてるところが、暖かいなーって思ったりもするんだよ？」

ぽんぽん、と自分の胸のあたりを叩《たた》いた。

「だから、あんまりそういうの、気にしなくていいと思う」

私はまたそんなたまの一言で、心がすっと軽くなってしまう。

「……あはは。ありがと。なんかすごい助かった」

「どういたしまして」

そして素直な感謝の言葉に最近はドヤ顔をしてくるようになったお茶目なたまのことが、やっぱり私は好きなんだと思った。

私ってもしかして、たまも風香《ふうか》ちゃんも友崎《ともざき》のことも好きで——ある意味すっごい幸せ者なのかもね。

「いやあ、やっぱり人生って、いろいろあるねえ」

たまと一緒に歩く、寒空の下。

大宮《おおみや》の街の雪はまだ道の端にずっしりと積もっていたけれど、暖かい日の光で少しずつ、溶けはじめていた。

4 嘘と朝焼け

目黒《めぐろ》のマンションの一室。

不意に触れたふくらはぎの感触に目を覚ました男は、隣で背を向けてスマートフォンをいじっているレナに、肩口から腕を回す。

「レナ、おはよ」

男はレナの耳に口を寄せて囁《ささや》き、後ろから回した腕で、その体を柔らかく抱く。ジェラート・ピケの薄手のルームウェアから肌の弾力が伝わり、その髪の毛からはうっすらと、汗のにおいがした。

「んー?」

レナは鼻にかかった声を出すと、寝転がりながら開いていたTwitterのアプリを閉じる。やがて男の腕を受け入れると、首を回して男に隙《すき》のある笑みを向けた。

「……おはよ。起こしちゃった?」

「ん。大丈夫」

「そーお?」

レナはもぞもぞと腰を動かし、体を男の方へと向ける。そのまま腕を伸ばし、男の首の後ろで指を組んだ。腕に挟まれて強調された胸は、ほんの少しだけ男の体に触れている。

レナは上目遣いで男を見つめ、なにかを求めるように口を開く。

「……ねえ」

「なに？」

男がわずかに期待を漏《も》らしながら言う。レナは潤《うる》んだ目で男を離さず、興奮を隠さないトーンで続けた。

「わかってるでしょ？」

「なんのこと？」

しらばっくれて言う男に、レナは甘えるように体を寄せた。二人の体は密着し、体温も柔らかさも、すべてが伝わる。

レナの唇《くちびる》が優しく、彼の耳に触れた。吐息混じりの声が、鼓膜《こまく》をくすぐる。

「ね。――もう一回」

その言葉を起爆剤に、男の腕がほんの少しだけ乱暴に、レナを抱き寄せた。

＊＊＊

その数時間前。年末のとある日の夜。まだ雪が残る、東京の街。

レナは渋谷《しぶや》のフリースペースの一室にいた。

簡単な椅子《いす》と机と調理場が設けられたその個室には、男十二人・女三人の計十五人が集まっている。その白を基調としたシンプルな空間で行われているのは、有名FPSゲームをきっかけに集まったグループのオフ会だ。

時間は夜の十時過ぎ。始まってから二時間ほど経《た》ったオフ会はほとんど席も自由となり、各々が話したい人のもとに寄って好きに会話をするような空気になっていた。

レナはそんな会場の様子を、酔った頭で一人ぼーっと眺めている。

「こないだあげた動画がさ……」

「あ、じゃあTwitter交換を……」

酩酊《めいてい》してきたレナの頭のなかにワイワイと楽しげな声が響き、気持ちがふわふわと高揚して場に溶けていく。オーバーサイズの黒いニットから覗《のぞ》く肩は赤く火照《ほて》っていて、レナはそんなふうに酔いがわかりやすく体に表れることが、嫌いではなかった。

「レナちゃん飲んでる？」

気持ちよく頬杖《ほおづえ》をついていたレナの隣に座り話しかけてきた男は、参加者のランボーだ。ランボーというのはハンドルネームで、レナはその本名を知らない。彼はいわゆる普通のサラリーマンといった風貌《ふうぼう》で、年齢は三十代前半くらい。普段インターネットでは動画編集の活動をしているという話だった。

その後ろからは一緒に、彼の後輩でありゲーム実況者のカバ爺《じい》もついてきている。無論、こちらもハンドルネームだ。

「飲んでるよ～？　ランボーさんこそ飲んでるの？」

一回りは年齢が上であろうランボーに、じゃれるようなトーンで返事をするレナ。二人は今日が初対面で、まだそこまで多くの言葉を交わしたというわけではなかったが、レナはまるで友達のような距離感で彼と接した。カバ爺はそんな二人の様子を一歩後ろから見ている。

「俺？　飲んでるよ」

ランボーはそんな近い距離感の言葉をあっさりと受け入れ、むしろどこか嬉《うれ》しそうに頬を緩《ゆる》める。下手《へた》すると失礼になりうる言動があっさりと受け入れられたことに、レナは軽い恍惚《こうこつ》感を覚えていた。

「ほんとにー？」

「ほんとほんと」

そこで覚えるのは、手懐《てなず》けたような感覚。若い自分が猫のように懐に入っていくと、ある種の男は耐えきれず、なにかを期待するようにしっぽを振ってしまう。そのことを彼女は経験から理解していた。

「てかレナちゃんグラス空じゃん。なんか飲む？」

どこか演技掛かったトーンで言うランボーに、これまで所在なげだったカバ爺が「なに飲むんですか～！」と、自分の居場所を作るように合いの手を入れる。レナはその中身のない言葉に苦笑した。

「どうしよっかなぁ……」

二人の言動を一つ一つ値踏みするように、ゆっくりと見定める。

ランボーの視線はじっと、自分へ向けられている。けれどこちらも彼に目を合わせると、しばらくして耐えきれない、というふうに目を逸《そ》らしてしまう。気付かれていないと思っているのだろうか、逸らされた視線はチラチラとニットに強調された胸や、裾《すそ》から伸びた脚へと向かい、やがて壁やスマートフォンなどに落ち着く。

カバ爺《じい》のほうはもっとひどく、逃げるように視線をランボーへ向けたままで、一度も自分と目を合わせない。かと思えばこちらが見ていないときにだけ、チラチラと舐《な》めるような視線を向けてくる。

レナは返事を保留したまま心のなかで小さく、ため息をついた。

また、こういうタイプか——。

「……俺作ってこようか？」

沈黙に耐えかねたようにランボーが言う。『一緒に作りにいこう』ではなく『作ってこようか』という媚《こ》びた提案が、一層彼女の心を醒《さ》めさせた。

ランボーのヘラヘラと余裕のない表情、もしくはこちらを窺《うかが》いつづけるカバ爺を一瞥《いちべつ》すると、レナはにっこりと笑みを作って口を開く。

「大丈夫～、私自分で作ってくるから。ちょっと待っててね」

「あ、そう？」

「了解ですー！」

――つまらない男。

心の中でそう切り捨てたレナはテーブルから立ち上がり、離れたカウンターキッチンへ歩き出す。

ニットから大きく覗《のぞ》く火照《ほて》った肩。短い裾から伸びる、肌色のストッキングで素足風に見せた長い脚。チラリと後ろを確認すると、二人の湿った視線が、物欲しそうに自分の体へ向けられるのがわかった。

私は、求められている。

その事実にレナは興奮し、下腹部のあたりにじんわりと満足感が広がるのを感じた。

あの二人は私を欲しがっている。

けど、私は手に入らない。

空になったグラスを歩きながら傾けて、氷が溶けてできた冷水を、喉《のど》の奥に流し込む。透明な液体が口内を冷たく満たし、けれど心のなかはほんのりと熱い。

待っててね、とは言ったものの――彼女はその席へ戻る気はなかった。

＊＊＊

レナはこうしたオフ会に来るたび、複数の参加者から言い寄られる。

整った顔立ち、女らしい肢体。それらを引き立てるメイクに、自分の女の部分をより扇情《せんじょう》的に見せるために選んだ服や靴《くつ》。それらはすべて、男から求められることに特化していた。

彼女は望まない男からの求愛に少しの鬱陶《うっとう》しさを感じてはいたものの、それ以上に求められることの興奮が心を潤《うる》わせていて。

そして、男から好奇の目を向けられたとき、彼女は決まって思い出す。

女はいつも嘘《うそ》つきで、男はいつも正直だということを。


『──私さ、レナとすごい相性いいっていうか、素でいれるんだよね』

『──こっち来んな。裏切り者』

『──やばっ……！　やっぱ俺ら、相性最高だわ』

『──気にすんなって。あんなの友達じゃねーだろ』


「っ！」

レナはキッチンの窓際で頬杖《ほおづえ》をつきながら顔をしかめる。窓の向こうに見えるのは、溶け始めた雪が残る、渋谷《しぶや》の繁華街だ。端に寄せられ、さらには踏まれてぐしゃぐしゃになった雪はどこか、本性を現した人間の姿に似ている気がして。

レナはそれをぼんやりと、意味もなく眺める。

アルコールの酩酊《めいてい》とともに浮かんでくるのは、三年前のどうでもいい記憶。

――当時、レナは十七歳の女子高生だった。

その頃《ころ》から見た目もスタイルも完成されつつあったレナは、同級生、特に男子から一目置かれる存在だった。それはどちらかというと『付き合いたい』というよりも『遊びたい』という見られ方で、そのことは彼女自身もそれとなく認識していた。

制服のスカートを短く着崩しているのは彼女の意思であったが、体操着を着るだけで体のラインが強調されるのは彼女の意思ではなくて。少なくとも当時のレナは、自分の女の部分を煩わしく思うこともあるくらいには、普通の女子高生だった。

そうしたルックスの良さに引き寄せられるように、レナはいわゆるクラスのトップカーストグループに所属していた。それは気の合う仲間というよりも、見た目のいい人間が集まり、互いを互いがアクセサリーとして使って地位を固めるような。利害関係の一致にも近い関係だった。

「──あれ？　レナネイル変えた？」

「あ、わかるー？　さすが翔子《しょうこ》。ちょっと攻めてみた」

「えー黒ピンクかわいい。レナそういうの似合うよね」

「そお？　うれしい～」

トップカーストグループでの会話は、会うたびに互いの美意識を確認しあい、見張られているような感覚にも近くて。競うように自分をアップデートしていた。

彼女たちはときにはそうした競争相手として、そしてあるときは徒党を組んで他のグループへマウントをとる仲間として。ある意味では気の合う同じ時間を過ごしていた。

「レナってさ、なんでも隠し事なく話してくれるよね」

「なにそれ？　まあ私たしかに嘘《うそ》はつかないけど～」

「そういうとこ信用できるっていうか、めっちゃ気が合うって感じ」

「ふうん？」

そんな言葉に深い信頼が伴っていたかどうかは別の話だが、レナがそれに嬉《うれ》しさと承認を感じていなかったかと言えば嘘になる。

もしも彼女に特殊なことがあるとすれば、人よりも趣味を深掘りする傾向があったということだろう。

彼女はトップカーストグループに所属するとともに、ディープな趣味を持ったメンバーが集まるグループにも所属していた。V系バンド好きの女子、顔出し配信者のファン、メンズ地下アイドルの追っかけ、そしてレナが好きな、オンラインゲーム。身なりは綺麗《きれい》で華もあるものの、どこか王道から外れた面々がクラスの壁を越えて集まる、小規模なコアグループ。

レナにとってはどちらが本当の顔というわけでもなかったが、強《し》いて言うならば『見た目のいい自分』『趣味に熱中しやすい自分』。そんな二つの自分を学校というコミュニティになじませるために必要な居場所だった、と言っていいかもしれない。

けれど、そうした特殊な身の置き方が、彼女を小さな揉《も》め事へと巻き込んでいった。

とある放課後。レナはクラスメイトの佳恋《かれん》と一緒に下校していた。

佳恋は配信サイトTwitCastingのヘビーリスナーで、何人かの顔出し配信者のファンをしている、コアグループのメンバーだ。

「――で、その日どう？　うちでやる予定なんだけど」

「ん。大丈夫そ」

佳恋の問いかけに、レナが答える。

二人が話し合っていたのは、グループメンバーがハマっているゲームについて。スマートフォンを使ってできるFPSゲームで、オンラインでも対面でも遊ぶことができるため、メンバーを集めて対面プレイをする計画を練っていた。

「おっけ！　でさ。メンバーなんだけど、うちにレナに、あと薫《かおる》に千里《ちり》でしょ？　それから……」

「あ、まだいるんだ？」

佳恋が名前を挙げたのはコアグループのメンバー四人。レナはてっきりその四人だけで遊ぶのだと思っていたが、どうやら違うようだ。

「うん。あと……先輩の啓輔《けいすけ》くんと真《まこと》くん、あと洋介《ようすけ》くんとヤマケンさん」

「え～めっちゃいいね？　どーやって約束したの？」

「このゲームにめっちゃハマってるらしくて」

「へぇ～」

挙げられた四人はもともと同じ高校の先輩。現在はそれぞれ大学生や社会人になっていたが、もともと高校では目立つ存在で、後輩からも憧《あこが》れられている華やかな集団だった。もともと交友が深いわけでもなかったが、その名前だけで興味が沸いた。

その四人と、プライベートで遊べる。

しかも、自分が好きでプレイしているゲームで、だ。

レナは年頃《としごろ》の女の子として、その状況にそわそわと胸が高鳴る。

「わかったー。じゃあその日、空けとくね」

レナはまったりとした口調で答え、その日を待ったのだった。

そして、そのゲーム会の当日。佳恋《かれん》の部屋。

レナの眼前にあったのは、想像とは違った光景だった。

男女八人。狭い部屋。はじめに数回ゲームをプレイはしたものの、そこからはほとんど合コンかなにかのような流れとなり――それぞれ肩を組み、腰を抱くなど、空気のままに初対面の人もいるとは思えないほどの距離感が生まれていた。

「レナちゃんこっちおいでよ」

「え～なに洋介《ようすけ》くん。まあいいけど～」

当時のレナにとってそれは予想の範囲を少しだけ超えた出来事であったが――しかし彼女はどこか、その状況を心地《ここち》よいと感じていた。

もちろん常識的に清いとは言いがたいし、大切にされているとも思えない。けれど、自分が一足早く『大人』の仲間入りできたような気がして。

そんな優越感に近い感情が、彼女の心を緩《ゆる》ませていた。

しかし、その数日後、問題が発覚する。

「レナさぁ。佳恋たちの会にいたんだって？」

「え？　……啓輔《けいすけ》くんたちの？」

「そう」

放課後の教室。不機嫌そうに言ってきたのは、トップカーストグループの翔子《しょうこ》だった。

「洋介くんもいたんでしょ？」

「うん、いたねぇ」

レナが言うと、翔子は眉間《みけん》にしわを寄せる。

「あのさレナ、私が洋介くんと付き合ってたって知ってるよね？」

「うん。知ってるけど……もう別れたよね？」

レナは翔子の言いたいことがいまいちわからなかった。

「そういう問題じゃなくない？」

「……どういう問題？」

聞き返すと、翔子は苛立《いらだ》ちをわかりやすく表情に出す。

「別れたっつってもまだ二週間も経《た》ってないんだけど。それで人の元彼に手ぇ出すとか、ちょっと人の気持ちわからなすぎでしょ」

「……そう？」

レナはピンとこない、というふうに言う。たしかに洋介は翔子の元彼であり、実際レナも洋介に肩を抱かれるなどのスキンシップはとられ、距離は近づいた。

けどそれに、なんの問題があるのだろう。

それはレナの本音でもあったし、ひょっとすると自分はあの『大人』な場に居合わせたのだから、という余裕から来るものでもあったのかもしれない。

むしろそんなことでいちいち文句をつけてくる翔子《しようこ》に、幼稚さすら感じていた。

「もう別れてるんだったら、何週間とか、関係ないと思うけど」

「それ、まじで言ってんの?」

「うん」

「はあ……もういいわ」

呆《あき》れたように言うと、翔子はくるりときびすを返す。

「ガキくさ……」

レナが翔子に聞こえるように悪意を込めてつぶやくと、翔子はわかりやすく表情を歪《ゆが》めた。


そして――次の日から、翔子たちの様子に変化があった。

「おはよ」

「あー……」

朝。トップカーストグループのメンバーに話しかけると、あからさまに困ったように言葉を詰まらせる。そのときはなにが起きているのかわからなかったが、レナはもともと自由な人間だ。リアクションが乏しいなら、眠かったりなにかあるのだろう、と特にそれを追及せず、別の友達のもとへ向かう。

けれど問題は、それがずっと続いたことだった。

トップカーストグループの誰《だれ》に話しかけても、困ったように目を逸《そ》らす。翔子を含むメンバー全員に同じ反応を返された頃《ころ》には、レナも完全に理解していた。

いま自分は、爪弾《つまはじ》き者にされているのだと。

もとより気が合って集まった仲間ではない。お互いがお互いをアクセサリーのように使いあうような関係でもあったグループは、ほんの少しの亀裂《きれつ》から簡単に壊れうるものだった。

けど、それでもレナは、いつか翔子からかけられた言葉。

気が合う。素でいられる。

そんな言葉に喜び、そこに自分の居場所を見つけていた部分もあったのだ。

「あーあ」

レナはこれから自分は少なくともしばらくの間、このクラスにおいては孤立するであろうことを察し、またその馬鹿馬鹿《ばかばか》しさに笑った。

「……ほんっと、ガキくさい」

強い口調で放たれたレナの独り言は、けれど誰の耳にも届かなかった。

それからレナは、学校で一人で行動するようになる。

もともと我が強く、好き嫌いが分かれるタイプであったレナは、翔子《しょうこ》たちから仲間はずれにされてしまうだけで、あっという間に学校全体に居場所がなくなった。

計算外だったのは、あのとき同じ場にいたコアグループの面々からも、少しずつ避けられるようになっていったことだ。もとより完全に趣味が合っていたわけではない。V系バンド、地下アイドル、配信者、そしてオンラインゲーム。ほかでは受け入れてもらいづらい趣味を持った面々が孤独を埋めるために集ったグループは、華はあれど立場の強いグループではない。トップカーストの面々から目をつけられている存在を受け入れるほどの余裕はなかったのだ。

つまりレナはその一件で――いままであったはずの居心地《いごこち》のいい空間を二つ、同時に失ったことになる。


もちろん翔子も、なにも卒業までこれを続けるつもりはなかったのだろう。きっと、自分の柔らかい部分を浸食したレナに対する、ほんの見せしめ。数週間もすれば、仲直りするチャンスもあったはずだ。

けれど、孤立してから数日が経《た》ったころ。

レナは学校をサボりがちになり、ついには完全に行くことがなくなった。

孤立で彼女が心を病んだわけではない。けれど学校という空間で疎外されるということは、当初彼女が想像していた何倍も、彼女の心を不快にしたのだ。

トップカーストグループに所属していた頃《ころ》は、近くを通るだけで媚《こ》びるように道を空けてきたようなクラスメイト。レナからしたら地味でかわいくないその女子が、近づくだけで避けるように、顔をしかめるようになった。それも自分に聞こえるように、あからさまな声を出して、だ。

「うわ、きた」

「いや、そりゃくるから」

レナはそれに負けることなく、必ず言い返した。けれど、学校という場の空気は複数人の味方がいないとひっくり返すことは不可能で。

「来るほうが悪くね」

「ね。来るなよな」

「わかる」

「……っ」

レナの言葉は、それがどんなに正しかろうと、その場ではなにも言っていないのと同じになった。

自分のほうがかわいいのに、スタイルもいいのに。女として、何歩も先に進んでいるのに。

レナは眉間《みけん》にしわを寄せ、不快を表明するが、仲間がいなかった。どこにも所属していないというだけで、この世界では最底辺の地位まで落ちてしまう。

それはきっと、誰《だれ》の目から見ても、惨《みじ》めなものに映っただろう。

だからレナは、自分で自分を惨めだと思ってしまう前に、その場所から消えることを選んだ。

学校をやめてしまえばそこにカーストはない。クラスメイトたちやコアグループの面々と会う理由もなくなるし、数の暴力で間違った言葉を押し通されることもなくなった。

そして代わりに——レナはあのとき同じ場にいた男たちと頻繁《ひんぱん》に会うようになっていく。


「レナちゃん、お待たせ」

「ん。じゃあ、いこっか」

啓輔《けいすけ》、真《まこと》、洋介《ようすけ》、ヤマケン。

レナはそのうち複数と親密な関係を持ち、そこには翔子《しょうこ》の元彼である洋介も含まれていた。

そしてついにはリーダー格である、啓輔と付き合うことになる。

「つーかレナ、学校やめたんだって？」

「ん〜？　やめたよ？」

「ふうん。……まあお前ならなんとかなるか。えろいし」

「あはは」

レナは笑い、啓輔の腕に自分の腕を絡ませる。

「……うん。私もそう思う」

そのときレナが感じていたのは罪悪感でもなく、ましてや惨めさでもなく。

——言いようもない優越感だった。

学校では立場がなくなった。けど、これなら誰にも負けた気がしない。

だって自分は、大学生のかっこいい男の子たちに、こんなにも求められているんだから。

こんなに強い居場所を、いくつも持っているんだから。

高校のときから人気だった先輩。後輩から憧《あこが》れられている男たち。

それは集団のくだらない空気に左右される正しさなんかよりも、うわべの言葉ばかりでなんの実も伴わない女の友情なんかよりも、何倍も価値あるものに感じられた。

学校では——女の世界では居場所を奪われた。空気と言葉を使ったやりとりでは、集団に蹂躙《じゅうりん》された。それは惨めで、けれど理性ではどうしようもなかった。

けど、本能は嘘《うそ》をつかない。

彼女が使う『女』の前では、男は正直にならざるを得なかったのだ。

だからレナが信じているのは言葉ではなく、感情。

理性ではなく、本能だけだった。

——レナは頬杖《ほおづえ》をつきながら、窓の向こうの汚れた雪を眺める。

踏み荒らされた雪は黒く汚れ、けれど少しそこを削り取れば、また白い雪が顔を出す。きっとこの雪に似た嘘《うそ》つきたちは、初めて触れ合う男には、白い表情を見せているのだ。

レナはキッチンカウンターの前に立って、オフ会の会場を見渡した。ここにどれだけ汚れていない人間がいるのだろう。ならば自分は少なくとも初めから、黒い雪でありたいと思う。

くだらない記憶。酩酊《めいてい》とともに浮かぶ翔子《しょうこ》の憎たらしい顔を一笑に付すように、レナはそれを頭から追いやった。彼女たちがあれからどうしているのかは知らない。けれどきっと、くだらない人間らしく、くだらない二十歳を過ごしているんだろう。考えながらも、レナは自分のグラスをカウンターに置き、備え付けの冷蔵庫を開いた。

氷だけになった自分のグラスにカンパリのリキュールとグレープフルーツジュースを注ぐと、黒から紫へのグラデーションがきらめくネイルの先で、浮かぶ氷をくるくる、からんからんと鳴らす。赤と黄色の綺麗《きれい》な液体が一つに混じり合っていき、レナはそれをご機嫌に眺めた。

非日常の色彩。理性が少しずつ、視覚から本能へ溶けていくのがわかる。

一口飲んで味に満足すると、レナはカクテルで濡《ぬ》れたその爪《つめ》の先を、舌で軽く舐《な》めた。

そのとき。

「俺もおかわり」

不意に右側から聞こえた男の声に、レナは微笑《ほほえ》みを作りながらゆっくりと振り向く。

そこにいたのは参加者の一人であるジミー。年齢は二十代後半。今風の茶色い髪がふんわりと整えられていて、少し動くたびにほんのりとバニラの香りが漂っている。

「あ、ジミーさん」

甘えるような声を出すと、レナはキッチンのカウンターに人一人分のスペースを作る。それはほとんど癖《くせ》でもあったが、それ以上にレナが、ジミーを受け入れたということでもあった。

なにしろ彼はYouTubeで活動する人気のゲーム実況者。おそらくこのオフ会では最も有名人だ。レナはそんな彼が向こうから話しかけてきたことに、心のなかでほくそ笑む。

「それなに？　なんか女の子って感じの飲んでるね」

落ち着いたトーンで言うジミー。レナはその声が動画でもよく聞いた声と同じであることを改めて実感しながら、あえて隙《すき》のある表情を見せた。

「これはねぇ。カンパリグレープフルーツ」

「ふうん」

「ちょっと飲む？」

レナは慣れたように砕けた言葉を混ぜながら、少し口をつけてあるグラスをジミーに差し出す。ジミーはレナの積極的な姿勢に笑顔を見せながら、それを受け取る。

「ん。じゃあもらおうかな」

「はぁい。どーぞ」

そして彼も慣れた挙動でレナのカクテルを受け取ると、ごくりと一口飲む。その様子をレナは満足げに眺めている。

「おいしい？」

レナが媚《こ》びるような声で言うと、ジミーの目に好奇の色が宿るのがわかる。レナはどうすれば男が自分に興味を持つか、体感で理解していた。

ジミーは平静を装いながらもグラスを持ち上げ、からんと氷を鳴らす。

「んー、アルコールが薄い」

「うわ、酒クズじゃーん」

一歩心の内側に入り込むように言いながら、レナはその奥の心に囁《ささや》きかけるように、ジミーの背中に触れる。ジミーは余裕のある笑みを浮かべながら、我が物顔でもう一口、二口とカクテルを飲んでいく。気づけば、グラスの中身は半分以下になっていた。

「うん。うまい。ジュースだ」

「ねー。それ私のだよ？」

「あ、そうだった」

きっと彼がこうして積極的な姿勢を見せているのは、私の顔がかわいくて、身体《からだ》にも触れたくて、いい匂《にお》いがして、そしていけそうだから。それは一切レナの内面を見たものではなかったが、偽物の言葉を浴びせられるよりはよっぽどましだった。

本能に正直に、自分の身体へ一直線にやってくる男。それも、この中で一番の有名人。

レナはいたずらっぽく笑う彼の横顔を見ながら、今日はこの人を手に入れたいな、と思った。

「もー」

言いながら、レナはジミーの肩に撫《な》でるように触れる。それは叩《たた》くというよりもくすぐるに近く、電気が走ったようにびくりと一瞬だけ、ジミーの体が跳ねた。それを見たレナの心にも、官能が宿る。

そしてそれに呼応するように、ジミーも「まあまあ」となだめながら、ニットから露出するレナの肩を抱くようにぽん、と叩く。

肌と肌で、体温が伝わった。

「うわ、レナ体あっつ」

「えぇ～？　まー酔ってるからねぇ。ふふ」

レナはいたずらっぽく笑うと、色っぽい息を漏《も》らす。潤《うる》んだ瞳《ひとみ》はジミーにまっすぐ向けられていて、その目線はとろりと溶けている。

と、そのとき。

「ジミーさーん？」

すぐ横で、別の女の声がした。レナが視線をやると、そこには女性参加者の一人、バニラが空のグラスを持って立っていた。レナとジミーは互いに手を離し、バニラの方を見る。

黒髪を重ためのボブヘアに整え、ふんわりとしたガーリーな服を着た女。バニラは動画で活動する楽器の演奏者としてこのオフ会に参加していたが、レナは知っていた。

さきほど彼とレナが話しているのを、奥のテーブルから不満げに眺めていたことを。

その隣にはもう一人の女性参加者・犬丸《いぬまる》がいて、彼女もジミーのことを不満げな表情で見ていた。年齢は二十代半ばくらい、原色系の服に金髪というやや派手な見た目をしている。

「なに、二人とも」

ジミーがやや不快そうに言うと、犬丸は彼に耳打ちするように、こんなことを言う。

「ジミーさん、いいんですかそんなことして？　彼女さんに怒られますよ？」

その言葉にジミーは眉《まゆ》をひそめ、ちらりとレナを窺《うかが》う。その声は聞こえていたが、レナは表情を変えず、じっと犬丸を見つめた。

「え、それわざわざ言いにきたの？」

「だって彼女さん私も友達だし……」

ジミーと犬丸は、小声でなにやら揉《も》めはじめる。

「や、まだなんもしてないじゃん？」

「まだ、って言ってるじゃないですか……」

完全に水を差されてしまったレナはため息をつき、カウンターに置いたグラスを手に取ると、フロアの方へ歩いていく。なにやら面倒くさそうだし、巻き込まれるのは御免だった。

「ちょっと。レナさん」

「うん？　……なぁに、バニラさん」

明らかに敵意を向けてきているバニラの言葉に、やや面倒くさそうなトーンを隠さずに返事する。バニラはレナのほうへ歩み寄ると、ジミーと犬丸には聞こえないくらいの声で、こんなことを言う。

「ジミーさん狙《ねら》ってるわけ？」

「……はい？」

「つながりたいファンの子もいっぱいいるのに、そうやって体で誘惑するとか、気持ち悪いんだけど」

そんなバニラの様子を見て、レナは呆《あき》れたように眉をひそめた。あまりに幼稚ないちゃもんは、まるであの日の揉め事が再現されるようで。嫉妬《しっと》する女という生き物は、こうも一様に変わらないものなのだろうか。

「なにそれ。バニラさんファンなんですか？」

「いや……」

「ここって一応交流会で、ファンだから来るとかダメなはずなんですけど？」

自分が欲しいものが誰《だれ》かに奪われそうだからって、自分が求めてもらえないからって、自分の責任をまるで考えることなく相手を責める。

それは人として、あるいは『女』として——惨《みじ》めであるように思えた。

「……はあ」

「なに、その態度。ていうかレナさん何歳？」

「ハタチですけど」

「私二十五。注意を無視して、年上に対してため息っておかしくない？」

徐々にヒートアップしてきたバニラの言葉に、レナは心底うんざりする。

「だから、ファンなんでしょ？　別にいいですよ隠さなくて、そーいう人いっぱいいますし」

「……別にそういうわけじゃ……」

レナは、ジミーが自分に話しかけていた時点でできていたであろう彼女の傷に。

心底嫌いな嫉妬《しっと》する嘘《うそ》つきに、毒を塗り込むような気持ちで。

「手に入れたいんだったら、同じことすればいいだけでしょ」

「だからそれが気持ち悪いって……しかも彼女持ちって言ってるんだけど」

レナは、バニラの心をえぐり取るように、悪意を込めて笑う。

「できないんだよね？」

そしてそのままバニラへ近づくと、ふんわりとしたワンピースのお腹《なか》の部分に手を伸ばし、生地《きじ》ごとその体をつまむ。

「なにを……っ」

「こんな油断して、ふわっとした服でごまかしてるようじゃ、そりゃ無理だよね？」

「……っ！　あなたね！」

バニラは声を荒らげるが、レナはそれに取り合わない。やがて険悪な空気に気がついたほかの参加者たちが、仲裁に入った。

「どうしたの二人とも……」

「とりあえずほら、乾杯して仲直りしようか！」

焦《あせ》ったように集まってくる男たちの言葉にレナは、

「はーい」

あからさまな棒読みで言うと、そそくさとその場から立ち去った。

＊＊＊

それから十数分後。

犬丸《いぬまる》との言い争いを終えたのか、ジミーはフロアのテーブルで他の参加者と談笑していた。

レナはそれに気がついたが、自分から話しかけにいくことはしなかった。それはさっきのバニラとのもめ事がめんどくさかったから——でもあったが、それ以上に一つ、確信していたからだ。

「レナさん隣いいですか？」

「どーぞ」

　だからレナは、なにもしなくても話しかけてくるどうでもいい男たちと適当に話して時間を潰《つぶ》しながらも、少しずつ、お酒を体に入れていく。

　それは暇《ひま》つぶしと言うよりも、パフォーマンスに近かった。

　あなたが持っていかないないなら、他の人にとられてしまいますよ。

　あなたが目を逸《そ》らしているうちに、どこかに消えてしまいますよ、と。

　そこからさらに十数分後。

　焦《じ》れたのか、それとも焦《あせ》ったのか。ジミーがグラスを片手にレナのもとへ歩み寄ってきた。

「さっきはごめんなー」

「んー？　いーよ？」

　ジミーはレナの隣へ座り、軽くグラスとグラスを重ね合わせた。きん、という小さな音を二人で共有する。

「なんか、変なこと聞かせちゃって」

「うん」

　そしてレナは、わずかにジミーへ顔を寄せて、

「彼女、いるんだ？」

　どこかさっきよりもよそよそしい声で言った。

「あー……まあ。みんなには内緒な」

「ふうん……」

レナは椅子《いす》に置かれたジミーの手にそっと、手を添える。

二人の体温がまた少しずつ、混ざっていく。

「……っ」

そしてレナは蠱惑《こわく》的に笑うと、耳元で吐息混じりに、

「――なのにまた、私の隣に来ちゃったんだ？」


その言葉と同じくらい官能的に、レナはジミーの手に指を触手のように絡ませる。握手よりも愛撫《あいぶ》にも近いそれは、みるみるジミーの本能に火を灯《とも》した。

絡み合う指と指はなによりも正直で、どちらも同じくらいに熱い。

「レナも来てほしかったんじゃないの？」

ジミーは興奮を抑えるように言いながらも、レナに指に絡みつく指は、官能を貪《むさぼ》るために動きつづける。きっと頭のなかは、その先のことでいっぱいなのだろう。

そしてそれは、レナも同じだ。

「そうかも？」

「だろ」

言いながら、ジミーが指をほどき、その手をレナの腰へ回す。男っぽいゴツゴツした手の感覚が、ニット越しにレナへ伝わってくる。

それは得も言われぬ快感。まるで、純白を装った嘘《うそ》つきにはたどり着けないくらい価値のある場所に、居場所が生まれたかのような。

だからレナは、自分がしたいようにジミーとの遊びを楽しむ。

「うん。こうしたかった」

レナは言葉とともに、机の下でぽん、とジミーの太ももに触れる。脚のつけ根にも近い、ギリギリの位置。表情には出なかったものの、彼の体にびく、と力が入るのがわかった。

「んー？　どしたの？」

「……別に」

動じていないふりを続けるジミーだったが、明らかにその身体《からだ》に興奮が宿るのがレナにもわかった。回されている腰の手にも力が入り、彼も自分も、徐々に体が汗ばんでいく。

「そお？　なんかびくっとしたよ？」

言いながら太ももに触れている手を、少しずつ内側に滑らせていく。彼の腕にもっとわかりやすく力が入り、今度は腰ごと体をぐっと引き寄せられた。

「んっ……」

レナはわかりやすく先ほどまでとは違う、甘ったるい嬌声《きょうせい》を出すと、身をまかせるように上半身の体重を少しだけ、彼に預けた。

「ジミーさん、体熱いね」

ジミーは返事の代わりに腰の手を上へ移動させ、レナの脇腹《わきばら》に触れる。腰からくびれたラインとその柔らかい感触を味わうように、彼の手が生々しく動く。

「レナもな」

「私はほら……酔ってるから」

「じゃあ俺もそう」

こうして少し距離を詰めるだけで、いとも簡単に余裕を崩し、男の本能に触れることができる。女としての武器を使って抗《あらが》えない部分を握り、興味をつなぎ止めることができる。

それも相手は、この場所で一番有名な人。

惨《みじ》めとは程遠い、強い宿り木だ。

「……そっか」

レナはとろんとした目でジミーを見つめる。その瞳《ひとみ》は、見つめるだけで溶けて一つになってしまいそうなくらい、淫靡《いんび》に潤《うる》んでいて。

「それじゃ私たち……酔っぱらい同士だね？」

グラスを手に取りカクテルを体に注ぎ込むと、心地《ここち》よい甘さがぐらんと脳を揺らし、思考に広がるアルコールが理性を溶かす。

「そうだね。一緒だ」

がやがやと聞こえる楽しげな声。腰の痺《しび》れるような感覚と酩酊《めいてい》、そして耳元で聞こえる落ち着いた声に身をまかせると、本能が止まらなくなるのを感じる。

やがてレナは二人で落ちていくような感覚で、それを口にした。

「ね。ジミーさんのおうちいきたいなぁ」

＊＊＊

「じゃあね」

濡《ぬ》れた髪の毛を乾かして、レナは男の家から外に出る。外はもう日が昇り、この調子だと出勤ラッシュに巻き込まれるかもしれないな、と少しだけ憂鬱《ゆううつ》になった。

駅までの道の脇《わき》には、踏み荒らされた雪が残っている。レナはそれを一瞥《いちべつ》すると、一度ぐしゃりと踏みつけてみたあと、興味なさそうにふいと視線を逸《そ》らした。

駅へ到着してホームの椅子《いす》に座ると、彼女はまずTwitterをチェックする。相互用の鍵《かぎ》アカウントの通知欄を開くと、昨日のオフ会で会った十数人の男からフォローリクエストが来ていた。

「あはは。いっぱい」

レナはご機嫌に独り言をこぼしながら、その一つ一つを承認していく。正直、誰《だれ》が誰かはわからない。ただ、こんなにたくさんの男たちが、わざわざリクエストを送ってまで自分のことを気にかけているという事実そのものが、彼女を愉快にさせた。

そして、なにより。

レナは自分のフォロワーの欄にいる、ジミーのアカウントを眺める。彼のアカウントはフォローが二百ちょっと、フォロワーが数万。フォロワーの一パーセント以下である二百人のなかに選ばれたと思うと、ぞくぞくと体が震《ふる》えるのがわかった。このなかに、彼と関係を持った女はどのくらいいるだろうか。まるで自分自身の存在が、女としての自分が、数字として肯定されたかのような。

レナはニットワンピースから覗《のぞ》く足を、ゆっくりと組み替える。これだけで男は自分を女として意識してしまう。

そのとき不意に。Twitterの通知が鳴った。

「え」

そして、レナは驚いた。なにせ通知の内容がフォローリクエストで——その相手が、昨日のオフ会で揉《も》めた、バニラだったのだから。

レナはしばらく思案して、やがて納得する。

「あー……気になっちゃうよね」

あの後二人で消えた自分とジミーのことを、なにもせず無視しておけるはずがない。なにしろバニラは、あれだけ彼に執着していたのだ。

バニラのアカウントを遡《さかのぼ》ってみると、実況者としてのジミーを応援するようなつぶやきが、いくつも見つかった。

「ほら……やっぱりファンじゃん。——嘘《うそ》つき」

くすくすと笑いながら、レナは一つ思いつく。

相手が嘘をつくのだとしても。私は本当のことを言うだけでいい。

だから彼女は遊ぶように、もしくは挑発するように。

朝の八時から、こんなつぶやきをしてやった。


『これから帰る～』


そうして、それから十数分後。

ジミーからついた『いいね』を確認すると、レナはバニラからのフォローリクエストを承認した。

5
みんなのうた

年末。クリスマスに降った雪も溶け始めたある日。

俺はバイト先であるカラオケセブンスに来ていた。

けど、今日来ている理由は働くためではない。

「よっしゃ――――!! 歌うよなぁ!? 騒ぐよなぁ!?」

ルームの一室で、竹井《たけい》がみんなの前に堂々と立ち、マイクを使って叫んでいる。

そう。今日は中村《なかむら》グループ、日南《ひなみ》、みみみ、泉《いずみ》プラス俺の七人による、年末カラオケ忘年会の日だった。クリスマス会で行けなかったカラオケ二次会が、日を改めて忘年会というかたちで復活したのだ。

「竹井黙れー」

「うるさいぞー」

中村と水沢《みずさわ》が雑に横やりを入れ、しかし竹井はそれに嬉《うれ》しそうにしている。内容がなんであれ構ってもらえることが竹井には喜びらしい。

「もちろん!! 私も騒ぐっ!」

そして竹井のハイテンションに素面《しらふ》でついていってるのはみみみで、こちらもマイクを持ってノリノリで立ち上がっている。まだ一曲も歌っていないのにこの盛り上がり、すでに俺は置いていかれる予感しかない。

しかし、今回は乗り遅れるわけにはいかないのだ。なぜなら――。

日南から与えられた課題があるからだ。

「二人とも相変わらずうるさいねー」

俺の隣の水沢の一つ向こう側に座っている日南が、こちら側に向けて微笑《ほほえ》む。ちなみに逆側の隣には泉が座っていて、その隣は中村がきちんと死守していた。

「だなー。てか文也《ふみや》と仕事以外でカラオケって初めてだよな」

「お、おう。そうだな」

というかそもそも俺は誰《だれ》か友達とカラオケに来るのが初めてなわけだけど、それは言わないでおく。日南は釘《くぎ》を刺すように俺を見ると視線を落とし、デンモクと呼ばれる選曲マシーンをいじりはじめた。カラオケで遊んだことはほとんどないがカラオケ店で働いているため、デンモクとかのワードはわかる。

今日俺が与えられた課題とは——全メンバーと一回ずつ、一緒に歌うというものだ。

なんかもうある程度このメンバーとは仲良くなってるわけだし、こういう打ち上げくらい好きにやらせてくれよと思わないでもないけど、そうして現状に停滞するのが上を目指すゲーマーとして最も恐れるべきことなのはわかっているため、トータルで見たらありがたいことだと言えよう。

「ももクロいくぞ————!!」

そう叫んで一番最初に曲を入れたのはみみみで、画面には『ももいろクローバーZ／行くぜっ！怪盗少女』の本人映像が流れはじめる。

みみみは立ち上がって前に出てアイドルになりきり、席の側に向けて大げさに投げキッスをするなどしている。楽しそうでなによりです。竹井《たけい》たちも大いに盛り上がり、こういう場にみみがいると楽しくていいね。

そして音楽が流れると、陽気に体を左右に振りながら歌いはじめ、

「レニ　カナコ　みみみ　シオリ　アヤカ　みなみ♪」

「おいなんか交ざってんぞ」

「みみみが二人いるじゃねーか」

その適当すぎる替え歌と中村《なかむら》・水沢《みずさわ》のヤジで場も沸く。みみみもところどころに入る台詞《せりふ》やコミカルな振り付けなどもこなしながら、その曲を歌い上げる。もともと声量がすごいこともあってかみみみの歌はシンプルに上手《うま》い。ふざけずにバラードでも歌えば普通に感動させられそうだ。

ちなみになんか途中で「番号！」とかいう歌詞が出てきて、みみみが端から指さした順に「1！」「2！」「3！」「えっ？」「5！」「ウーイエイ！」ってなったんだけどなんでみんなあんな一瞬で対応できるの。義務教育ではやらなかったんだけどどこで習うのそういうの。

「じゃあラストもっかいいくよー！」

そして再び最後にやってきたパートでは「優鈴《ゆず》　葵《あおい》　みみみ　ヒロ　修二《しゅうじ》　文也《ふみや》♪」とサービス

たっぷりに歌いあげ、竹井が「俺がいなかったよなぁ!?」と悲しむなどしていた。俺は流れでとはいえ文也と言われたことにめちゃくちゃびくっとしていた。文也とか親と水沢にしか呼ばれたことないから不意打ちはやめてほしい。

「いえーいおつかれー！」

曲が終わると泉《いずみ》がルームに置いてあったタンバリンを振りながら盛り上げる。

早速ものすごい波に飲み込まれてるけど、俺がすべきことは課題だ。こうしてみんなでカラオケに行くと言うこと自体が初めてなため、そもそもこういう場では盛り上がればいいのか話せばいいのかすらあんまりわからないし、そこにもう一つやるべきことが加わっているため、慣れているメンバーながら難易度は高いように思えた。コミュニケーション能力のレベルで戦うというよりも、これはどちらかというと謎《なぞ》解きに近いな。

「よーっし！　俺の番だよなぁ！」

言いながら竹井がマイクを摑《つか》み、流れはじめた嵐《あらし》の『Love so sweet』を歌いはじめる。めちゃくちゃゴツくてジャニーズ系とはほど遠い竹井だけど、竹井が嵐好きなこと自体は納得しかなかった。竹井はハンバーグと新幹線と嵐が好きそう。

ノリノリで歌う竹井の顔を見ながら、俺は思い付く。

おそらくここでみんなとデュエットをするためには、そもそも『二人ずつで歌っていく』という空気を作ることが必須だろう。そうなったとき、最初にその空気を作るために攻略難易度が低いのはおそらく、竹井《たけい》だ。

デンモクを見ながら、思考を巡らせる。俺が知っている曲で……竹井も好きそうな曲。現在俺に与えられている情報は、竹井はカツカレーとスペースシャトルとバンギラスが好きであろうということ。

——ということは、あれか。

俺はテーブルに置かれていたデンモクを手に取り、目的の曲を検索し、予約画面を表示する。そして竹井の曲が間奏に入ったタイミングでその曲の予約を送信して、獲物が網に掛かるのを待った。

「おおぉー！　めっちゃいいよなぁ！」

画面の右上に小さく表示された曲名を見て、竹井が歓喜の声を上げる。よし、めちゃくちゃあっさり。感動できないほどあっさり獲物が罠《わな》にかかったぞ。

「お、竹井これ好き？」

「めっちゃ好きっしょ！　とられたよなぁ……」

竹井はしょんぼりしながら言う。

そう。俺が入れたのはアニメONE PIECEの代表的な主題歌『ウィーアー！』だ。

「じゃあ……一緒に歌う？」

「え!?　いいの!?」

「いいよぜんぜん」

という感じであっさり約束を取り付け、俺は課題のうち一人目を無事仕留める。まあこれはチュートリアルみたいなもので、ほかはもう少し工夫とかが必要になってくるはずだ。なにせ、俺はそもそも知ってる曲が少ないからな。

そして竹井の曲が終わり、次にAAAというアーティストの『恋音と雨空』が流れはじめた。全然知らない人と曲だ。そこでマイクを握ったのは泉《いずみ》で、なんかやっぱり俺とは聴いている音楽の文化が違うのだなと実感する。ちなみに歌はめっちゃうまく、声質もやっぱりリア充って感じでパワーがあった。サビはなんとなく聞いたことある、くらいの曲だったけど、その歌唱力のおかげか、普通に音楽を聞いている、みたいな気持ちで聞くことができた。

そして次に流れたのが俺の入れた「ウィーアー！」だ。あ、ていうかどうしよ。竹井と一緒とはいえ、人の前でカラオケするのって初めてなんだよな。なんかちょっと緊張してきたぞ。

俺がマイクを盛りながらそわそわしていると、まったく緊張していない様子の竹井がノリノリで俺に言う。

「きたよなぁ！　ワンちゃん、俺あれやっていい⁉」

「あれって？」

「最初の！　ってああもう、始まるからやるわ！」

「え？」

そして俺がよくわからないまま竹井《たけい》の様子を窺《うかが》っていると、竹井はいつもよりも若干低い声に寄せて、こんなことを言う。

「――――えーと、世界の全部？　を手に入れた男！　えーと……ロジャーが最後に言った言葉が、たくさんの海賊を生んだ！　宝物？　探せ！　すべてやろうじゃないか！　世界の全てをそこに置いてきたからなぁ！　世はまさに……大航海時代だ!!」

あんまり詳しくない俺でもわかるくらいにいろいろ間違ったナレーションは、イントロに対してめちゃくちゃ時間が余った。俺はどうするべきかわからずマイクを持ったまま待機し、竹井も言うことがなくなったので沈黙し、なんか変な空気が流れる。

「できねーならやるな！」

楽しそうに放たれた水沢《みずさわ》のヤジによって場はなんとか救われた。しかし竹井がここまで失敗してくれると、俺もちょっとやりやすくなるな。

ということで緊張が少し解けた俺は、無事竹井とデュエットすることに成功する。ていうかこれあれだよね。俺の記念すべき人生初デュエットが竹井に奪われたってことになるよね。俺はこれでよかったのか。

「〜〜〜♪」

しかしあれだな、竹井が馬鹿《ばか》でかい声で歌ってくれてるおかげで俺の歌声は覆い隠されてるけど、それでもなんかすごいそわそわするな。

そして曲はラストサビ。

みんなが知っている曲ということもあり、さらに竹井が思いっきり全力で歌っていたこともあって、ルームは大いに盛り上がっていった。

やがて歌い終わると俺はマイクを置き、ふうと息をつく。

曲が終わり一瞬予約リストが表示されて無音。なんかこの歌い終わったあと次の曲にいくまでの時間気まずいな。泉《いずみ》が歌ったあとは全然気にならなかったのに、自分の曲のあとだとなんかすごい「す、すみませんご清聴いただいて……」みたいな気持ちになる。

そんな俺を見てか、隣の水沢が不敵に笑い、俺の肩をぽんと叩《たた》いた。

「意外と悪くなかったぞ」

「お、おう。さんきゅ」

「まあ竹井の声でほとんど聞こえなかったけどな」

「おい」

とか言っているあいだに次の曲が流れはじめた。カラオケってあれだな。会話できる時間数分おきに数秒しかないな。

画面に表示されているのはONE OK ROCKの『完全感覚Dreamer』で、マイクを握ったのは中村《なかむら》だ。あ、俺もこの曲はわかるぞ。

「お！　いいねえ！」

と泉《いずみ》が嬉《うれ》しそうにして、中村《なかむら》もまんざらではなさそうに「おう」とか言ってる。このカップル仲いいな。

そして始まった中村の歌はもう見た目通りって感じにものすごいパワーがあって、なんか聞いててもわかるくらいに高くて難しそうな曲なのに、それを声量で押し切ってかっこよく歌っている。これがポテンシャル型リア充の力か。

途中立ち上がってノリノリで歌うなど、やんちゃなこともしていた。中村はこういうとき結構子供な一面を見せるよな。

にしても選曲って性格が出るというか、たしかにこのパワー系な感じがすごい中村っぽい。俺が同じ曲を歌ったらもう伴奏に負けてしまう気しかしない。

「いえーい！　修二《しゅうじ》さすがだよなぁ!?」

泉に倣《なら》ったのか、竹井《たけい》もタンバリンを持ってガシャガシャやって、場を盛り上げている。しかしあまりにもしっくりとくるその姿に、俺はつい笑ってしまった。

「……竹井、タンバリン似合うな」

俺が感想を言うと、隣の水沢《みずさわ》がくすりと笑う。

「嬉しいよなぁ!?」

そして褒《ほ》めたつもりではないけど当の竹井は喜んでいるっぽいので、それでよしとした。

続いてマイクを握ったのは水沢で、流れはじめた曲はOfficial髭男dismの『Pretender』だ。

　なんかすごい有名なやつで、アーティスト名が変ということは俺も知っている。

「おー!!　きた!!　ヒロのPretender!!」

　するとそこでさっきまで中村と仲よさそうにしていた泉が一気に華やぎはじめる。

「待ってましたー!」

「やっぱこれ聞かないとね」

　そしてなんかみみみと日南《ひなみ》も同じようにワイワイ話しはじめて、いっつも歌ってるとかなんだろうか。まあここみんな仲いいもんな。

　そして始まった水沢の歌はというと——中村のパワー系とはまた違ったスマートな歌唱で、よく聞いてみるとおそらく難しいであろうこの曲をさらりと、難しくなさそうに歌い上げていた。

　声は爽《さわ》やかながら甘く、嫌いな人はいないであろうタイプの歌声。パワーの中村、技術の水沢、そして竹井といった感じで、このリア充グループはやはりそれぞれにそれぞれの個性があるよな。

「わぁ……」

　泉はうっとりと画面を眺めていて、そんななか俺がちらっと中村の顔を見てみると、めちゃくちゃ不機嫌そうにしていた。わかりやすいなあいつ。

　しかし少し困ったことになった。せっかく竹井と二人で歌うことで今後もそれがやりやすい空気になれば、と思ったのだけど、ここで二回連続ソロ歌唱。このままでは残りの課題を達成するのがむずかしくなってしまう。

——と思っていたら、そこで再び流れが変わる。

「みみみ！　来たよ私たちのターンが！」

予約画面の無音で、日南《ひなみ》が言う。画面を見てみると、次の曲に表示されていたのはPerfumeの『チョコレイト・ディスコ』だった。

「よーし！　まっかせとけー！」

みみみも楽しげに言う。意思が通じ合ってる感じだけどどういうことだろう、と思いながら様子を見ていると、二人はなにやら立ち上がってみんなの前へ移動しはじめた。みんなも「待ってました！」とか言って拍手している。

そして曲のイントロが始まると——なんと二人は踊り始めた。

「えぇー……？」

そして俺は苦笑してしまう。

だってテレビ画面に表示されている本人映像の振り付け。その前に立つ二人の踊り。その二つが完全にシンクロしているのだ。なんだこの人たち。

歌が始まっても歌詞すら見ないで楽々歌いながら、完璧《かんぺき》にキレキレのダンスを踊る二人の姿は、なんかもう完全にアイドルだった。日南さんみみみさんなにやってるんですか。めちゃくちゃに踊り慣れてるけど、これいつもやってるんですか。

「かわいー！」

「さいこー！」

泉《いずみ》や竹井《たけい》は声をあげながら大いに盛り上がり、中村《なかむら》と水沢《みずさわ》もめっちゃ笑いながらそれを見ている。なんだこれは。いやたしかにルックスもよくて華もあって身体能力も高い二人が歌って踊ってると、それだけでなんかすごい楽しく見れるになるのはわかるけど。俺も苦笑しながら見入ってる部分あるもん。なんか普通に踊りうまいし。

そして、そこで気がつく。デュエットの流れはなくなったと思ったけど、よく考えたら予約はみんなどんどん入れていくから、竹井と二人で歌っているときに入れられた予約はこのくらい時間差でやってくるのか。時間差の空気作成、これがカラオケ。もしくはこの曲を入れたのは日南だから、俺ががんばって竹井と歌ったのを見て、お情けでデュエットの流れに乗っかってくれた可能性もある。

なんにせよ、これでまたデュエットの流れを作りやすくなった。この機に乗じるために作戦を練り、まずは隣に座っている水沢か泉を誘ってみよう。

けどどうしようか。正直俺が知ってる曲のなかで泉と歌えそうな曲って全然浮かばないし、しかも隣の中村の目もあると考えると容易には誘えない。さっき水沢がかっこよく歌って泉が楽しそうだっただけで不機嫌そうだったたし、俺がデュエットなんか誘った日には、その強靱《きょうじん》な顎《あご》で骨を粉砕されてしまうこと間違いないだろう。なので泉《いずみ》は中村《なかむら》が歌ってるときとかに隙《すき》を見てこっそり誘わないといけない。

ということで俺はまず、水沢《みずさわ》に声をかけることにするが、肝心なのは曲をどうするかだ。

俺はデンモクからランキングのページを開き、ジャンルからデュエットのページを開く。そしてそのなかから自分が知っていて、水沢も乗ってくれそうな曲がないかを探した。

そして俺はその中の一つに目をつける。

「……水沢」

「ん?」

俺はデンモクの画面を見せながら、水沢に声をかける。

「これ歌わない?」

「二人で?」

「おう」

「いいけど、文也《ふみや》さっきから誰《だれ》かと歌ってばっかだな?」

その一言にどき、と胸が跳ねる。課題のために目的を絞って行動している身としては、こういう水沢の鋭いところはいちいち怖い。

「そ、そうか?」

「文也さては……」

「な、なに」

そして水沢はにやりと笑って、びくびくしている俺を指さした。

「──恥ずかしがってるな？」

「……おう」

そしてまあそうだよねという妥当な推測をされる。そりゃさすがにこれで課題出されてるだろってバレるわけないからね。俺は安心しながらも、作戦を続行する。

「恥ずかしいから、頼んだ」

「まったく、しかたねーな」

とか言いながら水沢は俺からさらっとデンモクを奪い、俺が検索で出した曲を予約する。こういうところで主導権を握っていくのはもう水沢の癖《くせ》みたいなものなんだろう。俺は大船に乗った気持ちで身を委《ゆだ》ねることにした。

ちなみにその間に歌われていた中村と泉によるHYの『AM11:00』という曲は、なんかもういわゆるリア充爆発しろを体現したようなイチャイチャ感だったので省略したいが、なんかサビで泉がめちゃくちゃ綺麗《きれい》にハモったり、ラップみたいなところも中村がやたらうまかったりもしてて、不覚にもちょっとぐっときてしまった。俺は聞いたことない曲だったけど二人ともこれ歌い慣れてるんだなーというのが伝わってくるクオリティだったから、二人で何回もカラオケで歌ってきたんだろう。そう思うとなんかむかついてきたので、やっぱり省略したい。

そしてやってきた俺と水沢《みずさわ》の番。流れてきた曲は米津玄師《よねづけんし》と菅田将暉《すだまさき》の『灰色と青』だ。このくらい有名な曲なら俺も多少は知っているし、もちろん水沢も問題ないだろうからな。

「おーっ！　水友コンビ！」

「ははは。なんだそれ」

みみみの謎《なぞ》のかけ声に水沢が苦笑する。俺はこれから始まる歌に緊張してそれどころではない。

「あ、じゃあ先俺歌うな」

「え？」

そしてワンフレーズ目が始まった瞬間気がついた。あ、そういえばこの曲はさっきみたいに同時に歌うんじゃなくて、交互に歌う形式のやつだもんな。ってことは俺のソロの歌声がついにみんなの耳に届いてしまうわけだ。うう、さらに緊張する。

歌詞にスペードのマークが出ていて、これがクローバーになったら俺の番。カラオケ店で働いてるからこの辺のことはいろいろちゃんと把握している。

「〜〜〜♪」

水沢が一番のメロをワンフレーズ歌い、ツーフレーズ歌い、やがて俺の番が——あれ？　全然こない。

そして字幕がスペードのまま、サビに入って、そのままサビが終わった。

この曲って、一番はこっち、二番はこっち、みたいな感じで完全に分かれてるんだっけ。ということは俺の歌声が二番のフルで流れることになる。まあ、カラオケって時点でそれは覚悟してたからいいけど、ちょっと恥ずかしいねなんか。

「〜〜〜♪」

ということで俺もがんばって歌い、そうしながらみんながどう思ってるのかなとか気になってちらっと見てみるけど、デンモク見たり普通に画面を見たりしていて、特にそこまでなにも思っていない様子だ。なんならなくなった飲み物をドリンクバーに取りにいってる人とかもいて、うん、世界ってそんなもんだよね。

ということで無事歌い終え、俺はマイクを置く。

すると日南《ひなみ》がにっと笑いかけてきて、

「友崎《ともざき》くん、意外といい感じ！」

と言ってくれた。なんか課題の進行がって意味で言ってないですかそれ。

「お、おう。ありがと」

言いながらちらりと見てみると、どうやら日南は中村《なかむら》となにかを一緒に歌うようで、二人がマイクを持っている。お、これはチャンスなんじゃないか？

流れてきた曲はKing Gnuの『白日《はくじつ》』で、これは俺も知っていた。声が高い人と低い人がいることもギリギリわかるので、たぶんそれで歌い分けるのだろう。

そして曲が始まり、日南《ひなみ》が歌い始めると——空気が変わった。

さっきの『チョコレイト・ディスコ』とはギアを変えたようなガチ歌唱。吐息や裏声、ビブラートなどを駆使した日南の歌は、もうほとんどカラオケと言うよりもカヴァーみたいなレベルだった。この人どんだけなんでもできるんですかね……。中村《なかむら》もたぶんかなり上手《うま》いほうなんだと思うけど、日南と一緒になるとどうしても少しかすんでしまう。

ということで俺はそのグループリーダー同士のデュエットをしばらく眺め、よきところで泉《いずみ》の様子を窺《うかが》う。するとさっきの中村のときみたいに案の定、なんかちょっとむっとしているのがわかった。そう、チャンスとはこのことだ。

「……泉」

「ん。……なに、友崎《ともざき》！」

俺は大音量のなかでも聞こえるように声を出し、そしてこう持ちかける。

「次一緒になんか歌わない？」

「え？　いいよ！」

と言うことであっさりOKしてくれた。これは特に中村への嫉妬《しっと》とかは関係なく泉がノリいいだけな気もするが、OKを貰《もら》えたのでなんでもよしとする。

そして問題はなにを歌うかだが——俺はさっきランキングの画面を見ながら、一つ閃《ひらめ》いていた。泉のテリトリーの曲のなかから自分が知ってる曲を探すのではなく、俺のテリトリーのなかで泉にも届いていそうな曲を探してみたとき、それを見つけた。

ということで俺は画面を見せながら提案する。

「これ」

「……あー！　鬼滅《きめつ》！」

そう。LiSAの『紅蓮華《ぐれんげ》』だ。アニメはアニメでも、突き抜けた人気があるものは途端に、オタクとリア充を結ぶ架け橋となることがある。この作品なんかがまさにそうで、泉に限らず中村や竹井《たけい》までもが見ていると言っていたんだから相当だろう。ていうか実は俺もゲーマーってだけでアニメにすごい詳しいってわけではないけど、それでも泉が歌うようなキラキラした曲よりはまだ知っているからね。

ちなみにこの曲はアニソンのランキングを見たら一位にあったので、灯台もと暗しとはこのことだ。最初から見ておけばよかった。

「いいね！　歌お！」

「おっけー」

そうして俺はその曲の予約を送信し、無事難関である泉とのデュエットも果たすのだった
――。

と、思ったら。

予約を送信するタイミングで間奏にさしかかっていた中村が、その曲名を見て食いついてき

たのだ。

「お、鬼滅《きめつ》じゃん。いいね。誰《だれ》これ？」

こ、これはまずい匂《にお》いがしてきたぞ。

「あ、私と友崎《ともざき》だよ」

「はあ？」

そして顔をしかめて俺と泉《いずみ》を見る。めっちゃ不機嫌な表情で、これはやばい。そのタイミングで間奏が終わったので中村《なかむら》はまた歌に戻り、俺は幾ばくかのシンキングタイムを得た。その間になんとかしないと俺は噛《か》み砕かれてしまう。

けど、どうするか。なんかこのままだと『俺も歌いたい』とかいう理由をつけてマイクを奪われ、課題達成を妨害されてしまう予感がぷんぷんする。ていうか対策しないと間違いなくそうなる。

これは明らかにピンチ。しかし、俺は日本一のゲーマーnanashiだ。

ならば、これをひっくり返す策だって思い付くはず。こんなときにnanashiとしての矜持を見せたくないが、中村の顔が怖かったので反射的に本気になってしまった。これが生存本能ってやつだ。

そうしてnanashiとなった俺は、そこまで時間が掛かることなく、その答えにたどり着いた。

そう。ピンチなら——チャンスに変えればいい。

ということで俺は中村《なかむら》が歌い終えたタイミングで身を乗り出し、中村と泉《いずみ》に聞こえる声で言う。

「あ、じゃあ三人でマイク回して歌う？」

「お、いいね！」

泉があっさり乗っかってくれて、中村も一瞬きょとんとした顔をしたものの、まあいいけどと了解してくれた。たぶん、デュエットされるよりは、と思ってくれたのだろう。

よし。せっかく泉と歌えるチャンスを中村に奪われそうになっていたところを持ち直して、むしろ一曲で二人とのデュエットを同時に達成したぞ。一曲で一人までとは言ってなかったし、これもありですよね日南《ひなみ》さん。

ということで俺は中村・泉カップルに邪魔者として入るみたいなかたちでのデュエットを終えた。日南は課題に入っていないので、残りはみみみだけとなる。

けどなんというか……ある意味みみみが一番難しいんだよな。

カラオケでデュエット曲となるとどうしても恋愛系の曲が多くなるし、そうじゃないにしても音楽ってそもそも恋愛ソングが多い。

それをいまのみみみと、ってちょっと無理がある。

一度思いを伝えられ、結局菊池《きくち》さんと付き合うことになったいまの状況は、そもそも二人で歌うということ自体がどうなんだというレベルですらある。

時間を確認するとあと三十分くらいだ。このペースだと、俺の番はあと一度か二度回ってくるくらいだろう。

後半に差し掛かったからか、ルームの空気は次第に落ち着いてきていて、日南によるあいみょんの『マリーゴールド』から始まり、どちらかというとしっとりとした曲を歌いあげるような流れになっていた。

そこからみみみによるコレサワの『恋人失格』、泉によるHYの『366日』と続き、なんかすごいいい感じの雰囲気《ふんいき》になってきた。なんかそれぞれが自分の本気ソングを歌うみたいになってきて、もちろんそんな本気ソングなんて持ってない俺はどうすればいいかわからないことこの上ない。

ちなみにいまは水沢《みずさわ》がRADWIMPSの『スパークル』を歌っていて、例のごとく泉がまたうっとりしていて、中村がイライラしている。段々お約束の流れみたいになってきてまったく心配じゃなくなってきたぞ。ちなみにその前に竹井《たけい》がまた嵐《あらし》を歌っていたけどまあこれはいいだろう。

水沢が歌い上げるなか中村はめっちゃデンモクをいじり、散々悩んでいる。そして長時間の検討の結果ONE OK ROCKの『Wherever you are』を予約した。なんかすごい長考していたのはなんだろうと思ったけど、たぶん水沢に対抗できる曲を探してたんだと思う。

「〜〜〜♪」

それだけ迷った甲斐《かい》あってか、中村《なかむら》の本気ソングはめちゃくちゃエモく、泉《いずみ》も完全に女の顔になっていた。まあ別にカップルだからよかったですねって感じではあるんだけど、もう勝手にやっといてほしい。俺はなにを見せられているんだ。

そんなことをやっている間に、ついに十分前コールも来てしまう。

そろそろラストかラスト一個前。少なくとも俺が歌えるのはこれが最後だろう。

課題は残り、みみみだけ。では俺は、どうするべきか。

全員が本気ソングを歌っていたあいだに、俺は考えていた。

どうすればうまいことみみみと歌を歌うことができるか。

それがなんか気まずい感じにならないか。

様々な可能性を検討した結果、俺はこの一手に賭《か》けることにした。

デンモクの画面をタッチし、予約を送信。

カラオケの画面には──『合唱曲/旅立ちの日に』と表示された。

俺はメンバーの動向を窺《うかが》う。

すると。

「……おおー!! ブレーンいいねぇ!!」

「ワンちゃんナイス! 俺も歌う!」

狙《ねら》い通りみみみが食いつき、そしてもしかしたら食いつくかもなと思っていた竹井《たけい》も食いついてきた。

「よーし、じゃあみんなで歌っちゃう？」

と泉だ。

そう。俺が狙っていたのはこの状況。

——合唱曲を全員で歌う、という空気だ。

カラオケでバイトしているとき、学生グループがたまにこういう締め方をしているのを何度か見たことがあった。まあたしかに最後に誰《だれ》が歌うとかなく、盛り上がれるからな。

そしてそうすれば課題の『一緒に歌う』は問題なく達成することができる。なにせ泉と中村は三人で歌って達成したわけだから、『二人で』とは限らないのだ。ずるいと言われようがルールに穴を作ったほうが悪いね。

ということで俺たちは全員でそれを歌い上げ、これでみみみとも一緒に歌ったこととなり、無事目標達成となるのだった。……なるよね日南《ひなみ》さん？

そしてその後、俺と水沢《みずさわ》はカラオケセブンスでバイトを入れていたためそのまま解散となり、みんなを見送った。

にしてもあれだな。課題ってことで奮闘した数時間だったけど、単純に友だちみんなでカラオケで歌うのって、なんか普通に楽しかったな。

そんなことを思いながら俺は水沢《みずさわ》と共に更衣室でバイト開始の時間を待ち、日南《ひなみ》へのLINEの文章を作っていく。

『一番最後のでみみみとも歌えたし、文句なく課題達成だな』

俺はドヤ顔でそれを送信し、日南の返信を待った。ふっふっふ、どうだNO NAME。これがルールを変えるnanashiの戦い方だよ。

日南の悔しがる顔を思い浮かべながら返信を待つと、その数分後、日南から返ってきたメッセージは、こんなものだった。

『まあ別にそれで達成でいいけど、なら最後の歌だけでよかったわね』

「……あ」

俺は言われて気づく。そういえばそうだね。あれで全員歌ってるから、あれがありならそこまで一緒に歌おうとがんばってたのが、全部意味なかったってことになるね。

「……ふむ」

「どーした文也《ふみや》?」

「あ、い、いや、なんでも」

そんな感じで俺は、課題を達成したはいいものの、謎《なぞ》の敗北感に包まれるのであった。すっきりせんな。

弱キャラ友崎くん

The Low Tier Character

"TOMOZAKI-kun";

6
炬燵の天使

十二月の三十一日。大晦日《おおみそか》。

私は家の炬燵《こたつ》に入りながら、みかんを食べていました。

頭に浮かぶのは、今年起きたたくさんの変化。いままで一人でモノクロの世界を生きてきた私にとって、この一年に起きた出来事はあまりにも鮮烈すぎて。目が眩《くら》むような彩りと揺さぶられてやまない感情は、引っ込み思案な私にとって息が切れてしまうほど大変なものではあったけど、それは同時に、心から楽しいと思える日常でした。

なにより私を喜ばせているのは、変わったのは世界のほうじゃなくて私なんだ、という自信です。

右手に持ったみかんの粒と、左手に持ったスマートフォン。

なにかを食べながら携帯電話をいじるなんて、私はいつの間に行儀の悪い女の子になったのでしょう。けれどメッセージの通知をわくわくしながら待つこんな感覚は、きっと新しい景色のなかでないと味わえない、大切なものに思えました。

脚が炬燵で温められて、けれど頭は空気で冷えているみたいに。

片手に果実を持って、もう片方では恋しい言葉を待っているみたいに。

幸せと不安が混じり合ったような感覚は、不自然なようできっと、自然なものなのです。

劣等感や迷いが雪のように積もって、私の目に影を落としていたあの頃《ころ》から、たしかにその景色が変わって。いまでは眩《まぶ》しく目を細めてしまうような毎日があって。

そして、私を変えてくれたのも――私の左手が待ち望んでる、その人でした。

「おねえちゃーん！　おそばお餅《もち》入れないってー！」

弟の陸《りく》が台所から駆けてきて、私の隣に座り込みます。私の四つ下の陸は、もう中学一年生なのに姉離れしていなくて、けれど学校では運動会の応援団長を務めるほどに活発だというから、にわかには信じられません。きっと家と外では、少しだけ違う顔を見せているのだと思います。

私を含めてきっと誰《だれ》しも、そのときどきで、違う顔を持っているものですから。

「そもそも年越しそばには、お餅入れないんだよ？」

「え！　そうなの!?」

「うん。お餅入れるのは、お雑煮だからね」

「あ！　そっか！」

するりと納得してくれた陸がかわいくて、私はよしよしと頭を撫《な》でてやりました。陸は「や、やめろって」と言いながらも大人しくしているので、きっとすごく嫌《いや》というわけではないはずです。

「ていうか！　いまお母さんから聞いたんだけど！」

「聞いたって、なにを？」

「お姉ちゃん彼氏できたんだって？　やらし」

「な……っ」

いま陸《りく》はとんでもないことを言いました。からかわれると思って恋人ができたことは言わないことにしていましたが、知ってしまっただけでなく、あらぬ疑いをかけられています。

「や、やらしくなんて……」

「えーだって彼氏って、そういうことするもんじゃん」

「い、いや……お姉ちゃんはまだ……」

私は言いながら、顔が信じられないくらい熱くなっていくのを感じます。それを想像させられるだけで気が気でないのに、私はいま——。

「うわ、お姉ちゃん『まだ』だって」

「り、陸！」

そう。それじゃあまるで私もいつかそうすることを前提としているみたいで。けどだからといって、永遠にない前提なのかと言われるときっとそうでもなくて。私はそれを思考のテーブルの上へのせること自体、憚《はばか》っていました。

「そ、そういうこと言わない！」

「うわ〜お姉ちゃんやらしー」

「も、もう……」

学校ではこうした気心知れたやりとりをすることが少ない私だから、あっという間にやり込

められてしまいます。どうしたらいいかわかりません。そもそもきっと、こういうやりとりは男の子のやることで、私に耐性がないのは仕方がないことなのです。もしくは、そう思いたいだけかもしれません。

「陸《りく》～！　ちょっとこっち！」

キッチンから聞こえたお母さんの声に、陸は少し不機嫌な声で「なにー！」と返事をします。渋々ながらも立ち上がり、すぐに言われたとおり歩いていく素直なところが、私の思う陸のかわいいところでした。

「あ、お姉ちゃんも食べるよね？　そば」

「うん」

「お腹《なか》空いてる？　いっぱい入れる？」

「んー。普通でいいかな」

「おっけ！」

それだけ聞くと、わんぱくで世話焼きな陸はキッチンに引っ込み、お母さんの配膳《はいぜん》を手伝います。私はそれに合わせて炬燵《こたつ》の上を整理しはじめました。お父さんは最後の追い込みだ、と言って部屋にこもり、まだ仕事していましたが、毎年のことなのできっと、年明け三十分前には戻ってくるはずです。

時間は十一時。そろそろ年も本格的に暮れて、新しい一年の匂《にお》いがしはじめます。

私は時間を確認するとそっとスマートホンを伏せて置き、代わりに炬燵の上に置いてある『私の知らない飛び方』の脚本に、手を伸ばします。開くと見える、一ページごとにびっしりと書かれた赤い文字。思い付いた演出をわかりやすくするために、たくさんの書き込みを入れて、それをみんなに伝えていって。思えばあのとき過ごしていた時間は、自分のわがままをみんなが実現してくれたようなもので。それはきっと、本当に尊いものでした。

あの時間を証明してくれるようなこの脚本は、私にとって心の底から大切な宝物です。

「……あ」

ふと目にとまったのは、ヒロインの一人、アルシアにスポットが当たるシーンでした。

書かれた赤字のメモ。夏林《なつばやし》さんの真《ま》っ直《す》ぐな表情に、日南《ひなみ》さんの鬼気迫った演技。私の作った物語が、信じられないくらい理想的なかたちになって、きっとそこにはキャラクター以上のなにかが宿っていて。

私はこのシーンに、あるものを込めようとしていました。

脚本のその部分を、ゆっくりと目で追います。

『うーん。私に好きなものなんて、なにもないのかも』

言いながらアルシア、悲しく笑う。

クリス、戸惑《とまど》う。

『え？　だ、だって、こんなに物知りだし、手先だって器用でなんでも作れるし、魔法だってすごい得意じゃん！　ぜんぶ好きなんじゃないの？』

『ううん。私は王家の血を引いているし、女王にならないといけないから……それなりに毎日、がんばってるってだけ。別に好きなわけじゃないの』

『だけっていうけど、それってすごいよ！　それに比べたら私なんて、なーんにも持ってないもん』

『うーん』

『私も、アルシアみたいになりたいんだよ？』

アルシア、表情を歪《ゆが》める。

『——私、みたいに？』

アルシア、クリスを見つめて。

『きっとクリスは、私のことを勘違いしてる』

『勘違い？』

『私はクリスが思ってるような、素晴らしい人間じゃないの』

『どういうこと？』

「私はすべてを持っているわ。けど——」

アルシア、観客の方へ向く。

「だからこそ――なにもないの」

読んでいると、心に残った爪痕《つめあと》がうずくように、本番の光景が頭に浮かびます。

特に最後の二つの言葉。空虚な響きが刺すようにこだまして、まるでそこに本当にアルシアがいるかのような――それどころか、アルシアではなく、彼女自身がそれを言っているような気すらして。

いや、ひょっとするとそれは正確ではないかもしれません。

だってあれはそもそも、演じるのが日南《ひなみ》さんだからこそ、入れたセリフだったのですから。

「よかったのかな……これで」

私は一週間前のことを思い出しながら、一人つぶやきます。

それは、ひょっとすると踏み込みすぎたのかもしれない、という不安でした。

＊＊＊

「風香《ふうか》ちゃん」

文化祭の打ち上げの終わり際。

ソースの焦げた芳《こう》ばしい匂《にお》いと、クラスメイトたちが談笑する声が聞こえるお好み焼き屋さんで、私は日南《ひなみ》さんに話しかけられていました。

「……日南さん？」

私は少なからず驚いていました。

今日はいつもよりもいろいろな人と話して、少しは自分の心の開き方を摑《つか》めてきたと思っていましたが、どうしてかそのときの日南さんには違和感があったのです。

「お疲れさま。今日の打ち上げも……あと、演劇の脚本も」

「えっと……こちらこそ、アルシア役、お疲れさまでした」

トイレの近くの通路で、二人っきり。

いつでも話せるタイミングがあったのにここで始まる会話は、まるで日南さんがあえて二人で話せる場所を選んだかのようにも感じられて。

「うん、ありがと。すっごくよくできた脚本だったよね」

思い出したかのようなトーンでスムーズに展開される話題は、初めからそれを話そうと準備していたようにも思えました。

なぜそう感じたのかは、自分でもわかりません。ただの勘なのか、思い込みなのか、それとも私のなかのアルシアのイメージがそうさせるのか。

もしくは、友崎《ともざき》くんと一緒に行った日南さんに関する取材で聞いたことから、その推測が生まれたのかもしれません。

いずれにしても、私のなかでなにか感じるものがあった、ということだけが事実でした。

「ありがとうございます。脚本、本当に苦労したんですけど……いいものになったと思います」

「あはは。ならよかった」

そして日南さんは、にっこりと笑みを浮かべて私を見つめます。

どうしてでしょう。なんの他意も感じないはずのそのまっさらな表情。私はそれがまた、妙に恐ろしかったのです。


「私にとっても、――すごく、面白かった」


日南さんは特に変わったことは言っていません。けれど、その言葉は仄暗《ほのぐら》い洞穴に滴《したた》る水の音のような響きを持っていて。孤独を映し出すような寂《さび》しさがありました。

「ありがとう……ございます」

「聞きたいんだけどさ。アルシアについて」

私の感謝の言葉を両断するように進められる会話。日南さんの顔に浮かんでいる笑顔は明るく楽しく親しみやすかったけれど、同時にぺっとりとへばりついて離れないもののように感じられて。

「アルシアって、空っぽな女の子なんだよね？」

「……そうですね」

「そっか」

日南《ひなみ》さんは少しだけ視線を落とし、再び私に視線を合わせます。

「それを埋めるために、いろんなことをがんばってるんだよね？」

「えっと……魔工芸大会とか……武術とか、勉学をってことですよね」

「うん」

私は思わぬ方向へ進む会話に驚きながらも、日南さんがその質問をする動機を考えました。

「すべてを持っていて、だからこそなにもない——だったよね」

「……そうですね」

日南さんは視線を斜め下へ向けて、ぺろりと一瞬だけ、唇《くちびる》を舐《な》めます。

「えっとね。私は私なりの解釈でそれを演じたけど、風香《ふうか》ちゃんはどういう意味であのセリフを書いたのか、気になって」

彼女がこんなことを聞いてくる動機。それはもちろんただの興味ということもありえますが、私はそうではない気がしていました。

だってあのキャラクター像は、私が日南さんをモデルにして作ったものだったから。

私が日南さんをモデルにして作った、誰《だれ》よりも強く、だからこそ真ん中になにもない女の子。

このキャラクター像を作ったとき、私はそれが日南さんを揺さぶることになる可能性も考えていました。

……いえ、というよりも、心のどこかではそれを望んでいたのかもしれません。

彼女の、仮面の下の表情に。

きっと——友崎《ともざき》くんの世界に色を与えた魔法使いであろうこの女の子の心のなかに、興味があったから。

「えーと……」

だから私は、慎重に言葉を探します。私は自分のためにも、私にとってのアルシア像を、できる限り正確に伝えたいと思いました。

「アルシアは……自分が本当に好きだって思えるものがなくて、自分だけで自分を肯定できなくて」

主語に物語の仮面をかぶせながら、私は語ります。

「だから——自分はこれでいいんだ、って思える証拠が欲しいんです」

「証拠？」

私は頷《うなず》いて、説明を続けました。

「例えばなにか、これが証拠なんだっていう作り話を信じ込んでしまえれば楽なんですけど、そうするにはアルシアは強すぎるし、賢すぎて……脆《もろ》い作り話は、信じることができなくて」

「それで、武術や勉学で一位を取ってるってこと？」

私はその日南《ひなみ》さんの問いに、頷《うなず》きます。

「……そういう、世界から価値が保証されてるものには、正しさを見出《みい》だせているんです」

「そっか。……そうなんだ」

日南さんは難しい表情で、一瞬だけ私から目を逸《そ》らしました。推測はできてもその正確な理由は、私にはわかりません。

「そのことには……アルシアは自分で気がついてないの？」

私は少しだけ迷いましたが、そこにも自分なりの答えはありました。

「アルシア自身もきっと……気がついていると思います。表面上は理想的な存在で、けど、本当はなにも持っていない。だからこそ、ああしてクリスに自白したんだと思います。――自分には、なにもないんだって」

「そっか」

日南さんは、納得したように頷きます。

「私が言ったあのセリフは、そういう意味なんだね」

「……はい」

私がアルシアについて説明すると、日南さんは黙ったまま小さく何度か頷き、しばらくして口を開きました。

「アルシアは、どうしてそうなったのかな？　なにも好きだって思えない、空っぽの心に」

その日南さんの質問は少しだけ、答えるのが難しいものでした。

日南さんがどうしてそんな質問をしているのかがわからないし、なによりその理由は、物語上の想像だったから。

けど私はなるべく正確に、その答えを自分の言葉で日南さんへ伝えます。

「それは……きっと、王家に生まれたからです」

「王家に？」

私はまた、頷きます。

そう——それはあくまで、想像。

「生まれながらに王女となることを定められていて、だからなにをすれば好ましくて、どう振る舞うと間違ってるのか、きっとすべて、環境に決められてしまっていて」

もしも世界のどこかに、真ん中が空っぽの女の子がいるとしたら。

「自分がどうしたいかではなく、どう振る舞うのが王家に相応《ふさわ》しいのか。そう考えることが彼女の心に根を張っていて」

どういう環境があったとき、その心と価値観が生まれるのか。

「アルシアはきっと、それに従うことにしか、ゴールを見つけられなかったんです」

本気で想像して、キャラクターの心の一番深いところへ問いかけていって。

「けどどこかでそれを信じられなくなったとき、彼女の心に残るのは……なにもなくて」

そのぜんぶを私の世界でつなぎ合わせて、一つの物語として編み上げたのです。

「だから結果として、空っぽの女の子が生まれたのかな、って……」

それが、私の考えた、アルシアの動機でした。

私がそこまで言うと、日南《ひなみ》さんは驚いたように目を瞬《またた》かせます。

「……すごいね。あの脚本、そこまで考えてるんだ」

そして考えるように目を伏せると、再び私に強い視線を送りました。

「取材した……って、言ってたよね？」

「えっと……はい」

思わぬ話題の転換に、私は驚きました。取材というのは私と友崎《ともざき》くんが脚本のためにした、日南さんの過去の取材のことでしょう。

「そこで、なにか聞いたの？　私の……身の回りのことについて」

そう問われて私の頭に浮かんだのは、妹さんのことでした。とはいえ、なにか具体的に聞いたわけではありません。小学校のころには妹二人と仲が良かったという話だったのが、中学のころには、一人がいなくなっていた。

その原因はわかりませんが、きっとなにかがあったのだろう、とそのくらいです。

私はどこまで踏み込むべきか迷いましたが、隠さずそれを正直に話すことにしました。

「えっとその、妹さんが――」

「――聞いたの？」

切り裂くような声。

そのとき、私は本当に驚いてしまいました。

だって、私を見る日南《ひなみ》さんの表情はまるで、あの演劇のなかで初めに飛竜を見たときのアルシアのように鋭くて。迷いなくその強い力で、私を締め落とすようで。

息が詰まるほどに真っ黒な瞳《ひとみ》が、私の心臓を射貫《いぬ》いていました。

「い、いえ……その、断片的に、推測があるってだけで……」

「断片的に？」

「えっと、その……小学校の時のお友達と、中学校の時のお友達に話を聞いて、そこで出てくる妹さんが違うなあって……それだけです」

「……そう」

「そ、その……ごめんなさい。……勝手に」

私が謝ると、日南さんはしばらく無表情で私を見たあと、一瞬だけその黒い瞳を揺らして、

「そのことは、友崎《ともざき》くんも知ってるの？」

「……はい」

「そっか。……わかった」

それだけ言うと、次の瞬間日南さんはいつもの表情に戻っていました。

「あ、ていうかごめんね、急に！　演劇、すごい素敵だった！　ほんとにお疲れさま！」

「は、はい……ありがとうございます」

「それじゃ、私いくね！」

そうして私の心に大きな違和感を残したまま、日南さんは去っていくのでした。

＊＊＊

気がつくと、みかんがぽろりと指から転げ落ちます。

「あ……」

私は運良く皮の上に落ちたそれを拾い上げると、意味なくじっと見つめてから、ぱくりと口に入れました。

あのときの会話。思い出しながら、私は複雑な気持ちになっていました。

日南さんのことを考えながら肉付けしていった、アルシアというキャラクター。その内側のことを日南さんに話すのは、本当に正しいことだったのか。

そして、踏み込んでしまった日南さんの事情。取材をしたことは、本当に正しかったのか。

一度出してしまったものは戻りませんし、日南《ひなみ》さんが本当のところでどう思っていたのかは、本人にしかわかりません。

けれど、踏み込むことにはどうしたって、責任が生じるはずなのです。

私にその覚悟と準備は、あったのでしょうか。

「お姉ちゃんそばできたよ！」

不意に、陸《りく》がキッチンからこちらに呼びかけてきます。私は空想の世界から現実に戻り、声を返します。

「はーい。ありがとう」

私はキッチンへ向かい、陸と一緒に二人分ずつのそばを持ち、炬燵《こたつ》まで運びます。鴨《かも》の肉がのった温かいそばからは鰹《かつお》の出汁《だし》が香り、ほんわりと立ちのぼる湯気は、年の暮れに合っています。

そして自室から出てきたお父さんも居間にやってきて、キッチンからお母さんもやってきました。炬燵は家族四人で埋まります。

「いやあ、今年はいろんなことがあったなあ」とお父さんです。

「そうね。陸は応援団長になんてなるし、風香《ふうか》は文化祭で演劇の脚本をするし、波乱万丈よ」

「それ、お父さんは行けなかったんだよなあ。風香、成功したんだって？」

「うん。脚本はあるんだけど、読む？」

「おお！　あとで読ませてくれ。そうだな仕事が落ち着いたら、だから……来月末には……」

「ふふ。お父さん忙しそうだね」

そうして過ごす暖かい時間は、私にとってなにより大切なものでした。


家族でそばを食べ終わり、あとはそのときを待つだけです。

「お姉ちゃん、明けるよー！」

「ほんとだ。あと二十秒」

私はテレビ画面で減っていく数字を見ながら、祈るような気持ちになっていました。

今年は本当に素敵な年だった。だから——。

来年はもっと、眩《まぶ》しいくらいの年にしたい。

いや、してみせる、と。

年越しまで十秒を切り、陸が元気よくそれに合わせて数字を叫びます。

「四、三、二、一！」

「ハッピーニューイヤー！」

そして私たちは四人でぱちぱちと拍手をして、新年を迎えました。いつもこうして過ごしている年明けですが、今年はなんだかいつもよりも色めいているように感じられて。

「……あ」

そのとき、私のスマートフォンが震《ふる》えました。

見ると、そこには。

『菊池《きくち》さん、明けましておめでとう！

初詣《はつもうで》、楽しみにしてるね』

待ち望んでいた、友崎《ともざき》くんからのLINEメッセージでした。私はそのスマートフォンを、ぎゅっと握りしめます。

「あーっ！　お姉ちゃんにやけてるー！　やらしー」

「だ、だから……！」

「やらしい……!?　風香《ふうか》、それはどういうことだ!?」

「あーこら陸《りく》、お父さんには内緒って言ったでしょ」

「な、内緒!?　ふ、風香、な、な、な、なにが内緒なんだ!?」

「えっと……その、違って……！」

「な、な、なにが違うんだ!?」

「あーもう……陸！」

そんなふうにいつもよりもほんの少しだけ騒がしい、けれど期待とどきどきに満ちた私の新年が、始まります。

ふと、窓から外を覗《のぞ》くと――部屋の明かりに照らされた庭に積もっていた重くぶ厚い雪は、もうすっかり溶けてなくなっていました。

あとがき

皆さまご無沙汰しております。百万部作家の屋久《やく》ユウキです。

本シリーズは開始からほぼ四年が経《た》ち、出した本はなんとこれで記念すべき十冊目。こうして息の長いシリーズになったのはまさしく応援していただいている皆さまのおかげであり、百万部作家の屋久ユウキとしても、心から感謝の気持ちでいっぱいです。

また、アニメ化作家の屋久ユウキとしてはやはり今後もこれまで以上に面白い物語を創っていきたいと思っており、つまりはそうしてキャラクターたちの魅力を存分に伝えつづけることこそが、一冊平均十万部作家である屋久ユウキの使命だと思っております。

ということで、ありがとうございます！　友崎《ともざき》くんシリーズ、累計百万部を突破しました！

さらに、めでたい話はそれだけではありません。

今巻の特装版にはシリーズ初のドラマＣＤがついてきますし、五月にはみみみを主人公としたスピンオフ漫画が開始されます。アニメ化も正式に決定し、着々と放送へ向けて制作が進んでいます。もちろん本編コミカライズも進行中で、もうよりどりみどり。こうして多くの展開は進んでいるというのも、とてもありがたいことであると、身にしみて感じている次第です。

そうしていくつもの案件を抱《かか》えていると、当然僕も非常に忙しくなります。ただ執筆をしていればいいだけではなく、ベースとなる『物語を創る』という軸足のもと、ドラマＣＤ脚本、漫画原作、脚本会議など、いくつものスイッチを上手《うま》く使い分けられるようにならなければなりません。それは同じ幹から平行して違う派生を生むようなやり方であり、ある意味では今巻一つ目の口絵・日南《ひなみ》三姉妹《しまい》の頭髪に宿る『黒髪という範囲のなかでの繊細《せんさい》な塗り分け』にも似ていると言えるでしょう。

また始まったぞという視線を感じますが聞いてください。ここで強調したいのは、彼女たちは当時小学生——つまり設定の上では三人とも『黒髪』であるという点です。そして黒というのは、基本的にはすべての色を吸収する無彩色。そこに色の差異はつけにくいはずです。

しかし、今回の口絵で塗られている色はどうでしょうか。茶色っぽい黒、青みのある黒、そしてピンクの混ざった黒。まるで同じ『黒』だとは思えないほど鮮やかに、しかしあくまで僕らが『黒』と思える範囲のなかで、華麗に塗り分けられているのです。

この華麗な塗り分け——そのワンダーセンスが、『姉妹』という設定が抱えやすい問題を易々《やすやす》と飛び越えているということをおわかりいただけるでしょうか。

姉妹というのは血がつながっています。もちろんだからといってその容姿が似るとは限りませんが、イラストという表現上、どうしても似せて描くことが多くなります。そして今回の日南三姉妹もその例に漏《も》れず、年齢差もあるため多少の違いはあるものの、顔立ちや髪型などの重要なポイントは、かなり似せて描かれています。特に、前髪の分け目や瞳《ひとみ》の色がすべて同じになっている点などに、それは顕著《けんちょ》でしょう。

姉妹《しまい》だから、当然特徴が似る。

それは本来、髪色についても同じことが言えるはずです。

つまり現実に即して考えるのならば、血がつながっているから髪色は『黒』。この日南《ひなみ》たちが生きる紙の向こうの世界では、三人の髪色はまったく同じのはずなのです。

けれど、どうでしょう。ここに、フライさんの生み出す華麗なパラドクスがありました。

そう。三人の生きる世界の『同じ黒』。それが僕たちの世界に具現化されるとき——色彩のマジックによって『同じだけど違う黒』として現れているのです。

特筆すべきことはそれだけではありません。皆さんはこの三人のなかからどれが葵《あおい》か、と問われたら、どうでしょう？　……そう。どうしてだか、答えられてしまうのです。

もちろん本編のなかで葵は長女であることが示されているから、その背丈から判別することもできたでしょう。では、もしそれを知らなかったのだしたら。

——そう、それでもなぜだか、答えられてしまいます。

その理由は、もうおわかりでしょう。我々の頭の中にはすでに、日南葵の『ピンクの混ざった黒』というパラドクスが、パラドクスのまま刻まれているからですね。

つまりそれは交わらない世界と世界を色彩でつなぐテクニック。黒を司る奇跡だったのです。

この思い、少しでも伝われば幸いです。

そして——今回は珍しく短編の一つについて、一つだけ脚注を挟んでおきたいと思います。

というのもこの弱キャラ友崎《ともざき》くんというシリーズは、現在が『西暦何年』なのかははっきりと明言しないまま進めているお話です。

それは刊行するにつれて少しずつ変化する時代を取り入れて、常に今の時代を切り取っていくような、ある種フィクションとしての『今』を描いているからです。ですが今回の短編『みんなのうた』には、歌っている曲や言動などから、ざっくりと年代が判断できる要素が含まれています。なのでこちらはある種のifストーリー、この書籍が出たタイミングで高校二年生の彼らが歌うとしたら、というパラレルな物語だと受け取っていただけると幸いです。来年以降も、彼らはこの同じ忘年会で、違う曲を歌っているのでしょう。

それでは、謝辞です。

イラストのフライさん。岩浅《いわあさ》さんから送られてくるマカロンを信じないでください。僕はあれには無限にイラストを描きたくなる身体《からだ》になる毒が入っていると睨《にら》んでいます。ファンです。

担当の岩浅さん。いやあ今回も締め切り余裕でしたね（にっこり）。次巻もがんばります。

そして読者の皆さん。次々に始まる新展開に驚いていると思いますが、今後も広げていきたいと思っているので、是非ついてきてください。いつも応援、ありがとうございます。

最後に、次ページからは今巻特装版に付属するドラマCDのストーリーを小説へリライトしたボーナストラックが収録されています。そちらも是非、お楽しみください。

ではまた次巻もお付き合いいただければ幸いです。

屋久《やく》ユウキ

弱キャラ友崎くん

The Low Tier Character

"TOMOZAKI-kun";

ボーナストラック
「勇者友崎の冒険
VR体験版」

ある日。

俺は自室で、箱から両手サイズほどの機械を取り出しながら、感動に打ち震《ふる》えていた。

「これが最新VRヘッドギア……思ったより軽いんだな……すげえ……めっちゃ未来って感じだ……」

手にしている巨大なゴーグルのような機械は、VR用のヘッドギアだ。なにやら水沢《みずさわ》がベータテスターみたいな抽選に当たったらしく、今日はこれを使っていつもの面々と、オンラインのゲームをプレイする約束になっている。そしてなにより俺は、この超最新VRゲームがプレイできることに興奮を覚えていた。

「みんなで十七時につなげる、って話だったよな……ってもう2分過ぎてんじゃん！　やべえ！……こ、これを頭につけて、スイッチを押せばいいのか？」

俺は部屋で一人ぶつぶつ呟《つぶや》きながらヘッドギアを頭に装着し、その横にあるスイッチを探り探り、長押しする。

すると、耳の近くのスピーカーから、めちゃくちゃ未来っぽい音が鳴り響く。

「うおお!?」

光のゲートをくぐるような演出のあと、目の前に海外のリビングルームのような仮想空間が広がった。顔を動かすとまるで本当に目の前に世界があるようにぴったりと視界が動き、画質もゴーグル型のディスプレイとは思えないくらいの精細さで、なんかほぼオーバーテクノロジーな気がするぞ。どうなってるんだこれは。

俺が予想を上回る最新っぷりに驚いていると、そこで不意に日南《ひなみ》の声が聞こえる。

「……もしもーし」

「も、もしもし……？」

恐る恐る返事をすると、続いてみみみの声も耳に届いた。

「おお！　その声はブレーンだな!?　やっときたかぁ！」

「お、おうすまん。みみみか」

次々と届く声に驚きながら、俺は返事をしていく。目の前に広がる空間は自室という設定らしく、そこにほかのキャラクターは誰《だれ》も表示されていない。ふむ、つまりこれは電話とかテレパシーって設定になるんだろうか。

「おせーぞ文也《ふみや》。ゲーム得意なんじゃなかったのか？」

続いて届いたのは水沢の声。その余裕のある声色はヘッドギアを通してもはっきりと伝わってきて、強キャラこの上ない。

「い、いや、ＶＲってなると初めてだし……っていうか、装置のすごさに感動してたら時間が過ぎてた」

俺は正直に答える。

「まったく、友崎《ともざき》くんはそういうとこダメだよねえ」

日南《ひなみ》のわざとらしくからかうようにな声が届く。俺はどこか裏の顔じみた日南の言葉を不服に思いつつも、ぐっとむかつく気持ちをこらえながら「す、すまん」と謝る。こいつめ。なんもできないけどあとで見てろよ。

そこで新たに聞こえてきたのは泉《いずみ》の声だ。

「あはは。ゲーム好きすぎて逆に、ってやつだね」

「お、もう泉もいるのか。てっきり接続とかに手間取るかと……」

「ちょっとなにそれ！　けど残念、お母さんにやってもらいました〜」

「それ得意気に言うことか？」

ヘッドギアを使った会話に慣れてきた俺は、抜け目なく突っ込んだ。

そんなふうに続々とメンバーが集まるなか、日南が改めて場を仕切る。

「こちら日南葵《あおい》。準備できた人は？」

「おーう！　こちら竹井《たけい》！　準備バッチリだぞ！」

「え、えっと!?　こちら泉優鈴《ゆず》！　聞こえてるよ！」

「ははは。別に乗らなくていいんだぞ優鈴」

「そ、そーなのヒロ!?」

「俺もバッチリ。いつでもこいって感じ」

続々と準備完了の声が届くなか、そこで新たに不安げな声が俺の耳に届く。

「えーっと……聞こえてる？」

「たまのキュートな声、届いております！」

「感想はいらない！」

声の主であるたまちゃんはいつもの調子でびしっと突っ込み、みみみはそれに満足げに笑った。

「にしてもすげーなこのヘッドギアみたいなの！　離れた家同士でやりとりできるのかぁ！」

「いや、それは電話でもできると思うけど」

少しズレたことを言う竹井に、俺はまたしっかりと突っ込みをいれた。

「竹井は竹井だなあ。……ってことでみんな、準備はできてるか？」

水沢《みずさわ》の声に、みみみと俺が呼応する。

「もちろん！　私ＶＲって初めてだから楽しみなんだよね～！　しかも超最新型でしょ!?」

「なんか開発途中のゲームのモニターなんだろ？　よく当たったよな？」

「ま、俺は持ってる男なんで」

「うざ！　ヒロうざ！」

泉が笑いながら水沢に突っ込みを入れた。

「けど、ゲームの中に入れるんだよな!?　めっちゃ楽しみっしょー！」

「最新技術が使われてるらしいもんね。私もちょっと楽しみかも」

「しかも剣と魔法のＲＰＧ世界なんだろ!?　めっちゃワクワクするよなぁ!?」

竹井《たけい》と日南《ひなみ》が楽しげに言葉を交わすと、たまちゃんが笑う。

「あはは。竹井そういうの好きそう」

「大好きだよなぁ!?」

そんな賑《にぎ》やかな様子に苦笑しながらも、俺は思っていた疑問を口にする。

「いやー、けど未来って感じだよな。これ、脳とかにも干渉するってことなのかな?」

「そ、そういわれるとちょっと怖い……?」

泉《いずみ》が言うと、そこで新たな接続音が鳴った。

スピーカーから響いたのは、どこか儚《はかな》げな妖精《ようせい》のような、美しい女の子の声だ。

「も、もしもし……!」

「おお！　その声はかわいいかわいい風香《ふうか》ちゃん！　待ってたよ〜！」

みみみが大げさに歓迎するように言う。日南も「よろしくね」と優しく挨拶《あいさつ》した。

「は、はい！　よろしくおねがいします！　すみません、遅れて……」

「ううんいいよ！　なんか接続とか大変だった?」

日南の問いかけに、菊池《きくち》さんは申し訳なさそうに言う。

「えっと、接続自体はできてたんですけど……会話に入るタイミングがなくて……」

すると水沢《みずさわ》と日南が横からフォローするように、

「ははは。それはしかたないな」

「うんうん、仕方ないね」

「俺との扱い違いすぎない？」

さっき遅れたことを責められたばっかりだったので、俺がはまた突っ込みを入れる。なんか今回俺突っ込んでばっかりじゃない？

「にしても修二《しゅうじ》だよ〜。こうして風香ちゃんだって参加してるんだから、一緒にできればよかったのに」

泉が残念そうに言うと、水沢がははは、と笑う。

「あいつ、家にWi-Fiないって言ってたからしかたないだろ。これもちろんオンゲーだし」

「Wi-Fiないとかまじありえない！　一瞬でギガ使い切っちゃうでしょ！」

「まあ修二、ＳＮＳくらいしか見ないからな……。よし、……揃《そろ》ってるよな？」

水沢が確認すると、日南が点呼を取るように。

「えーと。私に優鈴《ゆず》にたまちゃんに風香ちゃんにみみみでしょ？　タカヒロに竹井に、友崎《ともざき》くん。……うん、全員だね」

「おっけー。それじゃ、そろそろ始めるか」

水沢が仕切るように言う。

「だね！」と泉だ。

「っしょー！」

「よ、よろしくお願いします！」

そうして俺の目の前に選択肢が現れる。そこには『ゲームスタート』『オプション』などのメニューが表示されていた。

「よーし……それじゃあえーと、ゲームスタートを押して……って、うおおお!?」

選択した瞬間——俺の視界が光の渦に包まれた。

＊＊＊

「う、うーん……いてて……。ここは……」

気がつくと俺は、一面に草原が広がる平野に立っていた。風が吹き、ちらちらと草が舞っている。それはゲームとは思えないほど高精細のグラフィックで、体を動かそうとすると、ほとんど無意識にゲーム内の俺のグラフィックが連動された。どんな仕組みだよこれ。

「なにもない草原……か」

と、そのとき。背後からワープ音のような奇妙な音が響き、続いてどさり、となにかが落下する音が聞こえた。俺は驚きながらそちらへ振り向く。

「ん？」

するとそこには、尻餅《しりもち》をついたみみみがいた。みみみはお尻をさすりながら立ち上がる。

「いったぁ〜！　こ、ここは……？　って、ブレーン⁉」

「おお、みみみ……って、なんだその格好？」

「え？」

見ると、みみみはショートパンツにチューブトップ状のトップスを着て、首元には紫色のマントを巻いていた。腕には肘《ひじ》までを覆う長い手袋をはめていて、腰もとにはベルトで巻かれた小さな皮の袋をつけている。なんか脚とかお腹《なか》とか出ていて、とてもこう、健康的だと思う。うん。俺は目を逸《そ》らしながら口を開く。

「なんかすごい、女盗賊って感じの格好になってるぞ」

みみみは自分の姿を確認すると、それに驚いた。

「え……ほ、ほんとだ⁉　すごい脚出てる⁉」

「頭にもバンダナみたいなのついてるしな……これ、ＲＰＧって言ってたよな？」

「そうだね」

「ってことはつまり、職業で言うとシーフってとこだな」

「……しーふ？」

「えっと、いわゆる盗賊、みたいな感じだな」

言いながらも俺は思い至り、自分の格好を確認する。視界には鎧《よろい》や片手剣、盾など、いわゆるRPGの王道という装備品が映った。

「俺は……鎧《よろい》とかついてるし、戦士？」

「ってより、なんか勇者って感じの見た目してるよ」

「ま、まじ？　主人公ポジション引いちゃったのか？」

「あはは。やっぱりブレーンは運がいいですねぇ！」

みみみはばしーんと俺の肩を叩《たた》く。

「いや、いいのか悪いのかわからんけどな……」

「けどすごいねこのゲーム！　こんなにしっかり見た目が変わるんだ！　ていうかリアルすぎじゃない!?」

そして二人であたりを見渡すが、そこにはただ一面に緑が広がっている。

「……けどここ、どこなんだろ？　草原？」

「あーまあ、はじまりの草原、って感じなんだろうな。他には……誰《だれ》もいなそうだな？」

「だね。ってことはここからスタートしてるのは、私たち二人だけってことかな？」

「っぽいな。…って、ん？」

そのとき、がさりと草が動く音がする。視線を向けると、どこから現れたのだろうか、青くて粘性のあるモンスターが、俺たちの目の前でぴょいんぴょいんと跳ねていた。こちらに向かって、敵意を感じる声で鳴いている。

「うわあ!?　なんかモンスターきた！　ぷにぷにで気持ち悪い！」

「ぴぎー！　ぴぎー！」

「なんか、声が竹井《たけい》に似てないか……？」

たしかにその声はエフェクトが掛かっていたが竹井の声に似ていて、というよりもほとんどそのまんま竹井だった。

「ねえ、なにこいつ！」

「最初に出てくる青くてぷにぷにした化け物……ってことはまあ、スライムだな」

「ブレーン冷静だね!?」

「おう。まあこういうのはだいたいお決まりだからな。今回のはチュートリアル戦闘ってとこだろ。負けることはないだろうし、肩の力抜いてやってこう」

「そういうの言ってて冷めない!?」

「なに言ってんだ。メタ的なとこ含めて楽しむのが今の時代のゲーマーってもんだぞ」

「よくわからないけどそうなの!?」

俺はゲームには詳しいので、水を得た魚のようにすらすらと解説する。みみみは言っていることの半分くらいしか理解していなかったようだけど、腰を落として構え、とりあえず目の前のモンスターとの戦いに備えることにしたらしい。戦いの才がある。

「ぴぎぃぃ！」

「く、くる！」

「よし、いっちょやるか」

そして最初の戦闘が始まった。俺の脳内でノリノリの戦闘BGMが流れる。

「えーと……けどこれ、どうやって戦えばいいんだ？　コマンド……みたいなのも見当たらないし」

「チュートリアルって言っても、説明してくれる人いないよね？」

と、そのとき。俺の肩口のあたりから、儚《はかな》げで優しい声が聞こえた。

「……友崎《ともざき》くん！　七海《ななみ》さん！」

呼ばれたみみみは「うん？」と首をひねる。

「どこかから声が？」

「ここです！」

「ここ？」

そのあまりに尊い声の主を探そうと、俺もあたりをきょろきょろと見渡した。

「友崎くんの肩のところ！」

「肩……って、うわぁ⁉」

俺とみみみは同時にそれに気がつき、声を上げる。

そこには白い衣を着て羽の生《は》えた、小さな菊池《きくち》さんが飛んでいたのだ。

「菊池さん……の姿をした、妖精《ようせい》!?」

「えっと……こんにちは」

挨拶《あいさつ》をする妖精に、俺とみみみは挨拶を返す。

「こ、こんにちは」

「こんにちは！」

「えっと……私の名前はフーカ。みんなの冒険をサポートする妖精……らしいです」

菊池さんは遠慮気味に言いながら、ふわりふわりと俺たちの周りを飛ぶ。俺はそれを見ているだけ、感謝の念が沸き起こった。

「そ、そういうパターンもあるのか……」

「ていうかなにそれ、めっちゃかわいい！　たまより小さい！　かわいい!!」

「あ、えっと、かわいいだなんて……」

「手のひらサイズじゃん！　やばい！　似合いすぎ！　ブレーン、私今日から風香《ふうか》ちゃん推します！」

「お、おう、そうか」

「え、えっと……？　ありがとう……ございます？」

興奮するみみみに、困惑する二人。そうしているうちに、横から竹井《たけい》の声がした。

「ぴぎー!!　ぴぴぎー!!」

「たけい……じゃなくてスライムが怒ってるぞ！」

「きっと仲間外れにされて寂《さび》しいんです！」

菊池《きくち》さんが憐憫《れんびん》を込めて言うと、スライムが同意するようにぴょんぴょんと跳ねた。

「俺も仲間に入れてほしいよなぁ!?　ぴぎー！」

「もう普通に喋《しゃべ》ったぞ！」

「竹井《たけい》はモンスター役になっちゃったんだね……」とみみみは困惑する。

そんな気の毒な竹井を見ながら、俺はこのゲームについていろいろと考える。

「なるほど、必ずしも冒険する人間キャラになるわけではない、と」

「私もいきなり妖精《ようせい》だったので、竹井くんもそうなんでしょうね」

「にしてもスライムは不憫《ふびん》すぎるよな」

俺は苦笑しながら言う。

「ど、どうする？　モンスターとはいえ、竹井だよ!?」

みみみが焦《あせ》りながら言うと、菊池さんはあっさりとした口調で、

「そうですね……ここは一思いに倒しましょう！」

「意外と武闘派!?　仲間にとかできるかもしれないじゃん！」

みみみはぎょっとして大声をあげた。ちなみに俺もびっくりした。

「けど……ただでさえ最弱モンスターのスライムなのに、竹井だからなあ」

「それは聞き捨てならないよなぁ!?」

「もう普通にしゃべっていくんだね!?」

みみみが怒濤《どとう》の展開に困惑している。なんでも受け入れそうなみみみでも、こういうゲームへの耐性はないらしい。

「くらえー!!」

そして竹井の声がするスライムは、全身を使って勢いよく俺へ体当たりする。竹井め許さん。

「ぐあっ！」

「ブレーン!!」

「だ、大丈夫ですか!?」

俺は後ずさりながら、体当たりされた部位をさする。けど……なんだ、この感覚は。

「お、おう。痛みはない……けどなんだろ、頭が重い感じがするっていうか……」

「頭が重い感じ？」

「えーと……それがきっと、えっちぴー？が減る、ってやつです！」

「つまり、ＨＰの減りはこの感覚で表現されると」

「えいちぴー…」

「よくできたゲームだね！」

「ぴぎ――――!!」

俺たちが考察していると、竹井《たけい》スライムは体を勢いよく膨張させ、大声を上げた。うるさい。

「わー！　また竹井が仲間はずれにされて怒ってる！」

「ぴぎぴぎぴぎぴぎっ！」

そして超高速で跳ねながら、こちらを何度も連続で攻撃する。かなり騒がしい。

「なんか四回くらい連続攻撃してきたよ!?」

「ばくれつけん!?」

「思ったより竹井スライム強くない!?」

「まじかよ、結構レベルの高いスライムなのか……？」

俺とみみは数歩後ずさり、竹井スライムはぽよんぽよんと跳ねてこちらへ迫ってくる。

「……ばくれつけんじゃない、ただの早い攻撃四回だよなぁ!?」

「めちゃくちゃ脳筋だった……」

俺はがっくりと肩を落とす。しかし菊池《きくち》さんは油断せず、気を張っていた。

「けどやっかいなことには変わりません。二人とも、このままだと負けてしまいます！」

「く、ゲーマーとして、スライムにだけは負けたくない……」

「人類として、竹井にだけは負けたくない……」

スライムはみみの言葉に反応し、ボコボコと体を沸騰《ふっとう》させるように泡立たせた。

「ぴぎ――――！！」

「七海《ななみ》さん、これ以上竹井君を刺激しない方がいいです！」

そしてキュインキュイン、という音とともに、スライムの体に光が集まっていく。なんだこれは。

「うわあ!?　なんかやばいの溜《た》め始めた！」

「スライムが使う強大な呪文《じゅもん》……セオリー通りいくとこれは、最強の呪文だ！」

「最強の呪文!?　チュートリアル戦闘で!?」

「まずいです！　溜めてるうちに、倒さないと！」

焦《あせ》りながら菊池さんが言うが、みみみはどうすべきかわからず視線を迷わせる。

「けど、どうやって!?」

「七海さんは腰のナイフで！　友崎《ともざき》くんは背中の剣で！」

言われ、俺は背中から片手剣を抜いた。

「これか！　わ、わかった！」

「いまなら抵抗できないはずです！」

「ぴぎっ!?　ぴぎぃ……ぴぎぃ……」

悪い予感を覚えたのか、スライムの声のトーンが変わる。

「な、なんか弱々しくなり出したぞ……」

「ぴぎ……ぴぎ……こわい……」

そんな竹井《たけい》を見たみみみの表情に少しずつ、憐憫《れんびん》の色が宿っていった。

「ね、ねえ、なんかすごい罪悪感が……」

「で、ですね」

しかし、ゲームに慣れている俺は比較的冷静だった。

「けど……さっき俺たちをめちゃくちゃ攻撃してきたのは竹井だからなあ」

「そ、それは確かに……」

「……すまん！　これも世界の平和のためだ！　俺がやる！　とお！」

そして俺は手に持った剣で、スライムをざっくりと切り裂く。

「ぴ、ぴぎぃ……」

声とともにスライムは消滅していく。すまん竹井。

「竹井が消えた……」

みみみは申し訳なさそうに、ぼそりとつぶやいた。

「こ、これでいいはずです……たぶん」

「なんだこのすっきりしない戦闘終了は……」

俺は眉《まゆ》をひそめながら言う。なんで竹井にこんな感情を抱かなければならないんだ……。

と、そのとき。

「ひゃっ！」

「うおお!?」

みみみと俺が同時に声を上げた。

「ど、どうしました?」

「い、いまなんか……」と俺は恐る恐る自分の体を見る。

「体がくすぐったい感じがしたというか……」

「あ、えっとそれは……ちょっと待ってくださいね。えいっ！」

菊池《きくち》さんが両手を前に出して一生懸命に念じると、その体のサイズほどの本が出現した。

「なんか出た!?」

「なにその小さい本?」

「るーるぶっく……っていうんでしょうか。いろいろと詳しい設定が書いてあるらしいんです」

言いながら、菊池さんはその宙に浮いた本を両手で一生懸命めくっていく。尊い。

「……あ、わかりました。レベルアップです！」

菊池さんの言葉を受け、俺はゲームになぞらえていろいろなことを考える。

「いまのくすぐったい感覚が?」

「はい。それから、なんとなく念じるとメニュー画面が出てきて……そこで確認できるみたいです」

「なんとなく念じる……?　こんな感じ?　はーっ！」

すると, みみみの手元に青い板状のものが出現した。

「わ!　なんかタブレットみたいなの出てきた!」

それを三人でのぞき込む。そこにはアイテム、ステータス、セーブ、オプションなどの文字が表示されている。と、いうことは。

「……RPGでいうメニュー画面ってとこか。ステータスとかアイテムとかいろいろ見れるみたいだな」

「マップとかも見れるね!」

「ですね。えーと、るーるぶっくによると、……どうやら、ほかのプレイヤーもこの世界のどこかでなにかの役になって行動してるみたいです。二人は勇者とシーフで、私は説明役の妖精《ようせい》で、竹井《たけい》くんはその他みたいですね」

「その他……」

俺は哀れみを込めながら言葉を繰り返す。けどぴったりだと思ってしまうのがまた竹井だね。

「それじゃあとりあえず、みんなと合流しにいこっか!」

「あ、たしかに最初の目的はそんな感じがいいな。そしたらこの地図にある、近くの港町でも目指すか」

「ですね、そうしましょう!」

「よーっし!　いっくぞー!」

「おう！」

意見のまとまった三人は、声を合わせた。そしてみみがマップを見ながら、先陣を切って歩き出す。

「それじゃあ皆の者、ついてきなさーい！」

「……いや、みみみそっち方向逆」

「あり？」

しかし、ゲームでも変わらず方向音痴なみみみなのだった。

＊＊＊

そして俺たちはマップを見ながら進み、目的地に到着した。

「町についたけど……なんかずいぶん静かだね」

「すごくきれいな町ですね」

みんなであたりを見渡す。同じかたちの建物が並ぶ、落ち着いた町。俺はゲームの定石を考えながら、その町を観察した。いまのところ特に問題はなさそうだ。

「だね。飾りっ気はないけど、ゴミ一つ落ちてない」

「ってことは、治安のいい町ってことかな？　たまー！　いるかー！」

「静かな町にめっちゃ声が響いてるな……」

そうしていると、路地の一つから一人の男が歩いてきた。

「あ、誰《だれ》か出てきましたね」

「こんにちはー！」

するとその男はすらすらと流暢《りゅうちょう》なトーンで。

「やあ！　ようこそシュベルクの町へ！」

その声と風貌《ふうぼう》は、俺たちのよく知る男に似ていた。……っていうか。

「あれ？　水沢《みずさわ》？」

俺が問うと、男は首をかしげる。だって、そのまんまの見た目だ。

「水沢？　なんだいその東洋風の名前は。僕はこの町の町長をやってるベルだ！」

「見た目も声も完全にタカヒロだよね」

「水沢くんですね」

「やれやれ。他人の空似というやつかな。みみみ、勘弁してくれよ」

「名前呼んじゃってるじゃん！」

「なんかノリノリだな水沢」

「まあまあ、いいから話を聞いてくれたまえ」

「お、おう」

水沢ことベルが場を制し、俺はそれに渋々頷《うなず》く。みみみは切り替えるようにベルに尋ねた。

「えっと、それじゃあ……話って？」

「それでは改めてようこそシュベルクの町へ！　僕たちの町は冒険者を歓迎してるんだ！　ぜひゆっくりしていってくれ！」

「めっちゃセリフっぽいけど……歓迎だって！」

みみみはその言葉に喜ぶ。

「泊まるとこもなかったし、ちょうどいいかもな」

「ですね。戦闘の疲れを癒《い》やせますよ」

「そうだろう？」

「よーっし！　頼んだ！」

俺たちはベルの言葉に甘え、世話になることにした。

「それじゃあ、こちらへくるといい。文也《ふみや》と菊池《きくち》さんも足下気をつけてな」

「やっぱ完全に水沢だよな」

「完全に水沢くんですね」

＊＊＊

「それじゃあ、ここを自由に使ってくれ」

ベルこと水沢《みずさわ》についていくと、俺たちは宿屋の大きな部屋に到着した。俺は驚き、部屋をぐるりと見渡す。

「めちゃくちゃ広くてベッドが六つも……えっと、水沢……」

「ベルさん、な」

「えーと、じゃあベルさん。僕らは三人……っていうか二人と一羽？なので、こんなところもったいないですよ。お金もないですし……」

「はは、それは気にしなくていいよ。これがこの町のやり方だからね。心配せずくつろいでくれ」

「け、けど申し訳ないというか……」

俺が話していると、すぐそばからなんかすごい楽しそうな声が聞こえる。

「ブレーーン!!　このベッドふかふかだよー！　わーい!!」

「友崎《ともざき》くん、私サイズのベッドもあります！　とっても、暖かいです……！」

俺の遠慮をよそに、二人はすっかりそのベッドを気に入っていた。おい。

「……なんでもないです。ありがとうございます」

「ははは！　いいんだよ」

と、話がまとまったとき。部屋のドアがノックされた。

「おっと、お食事が来たみたいだね」

ベルの言葉に、俺は驚く。

「え、ご飯まで!?」

菊池《きくち》さんとみみみもベッドから飛び出し、ベルに礼を言う。

「あ、ありがとうございます！」

「さっすがタカヒロ！」

「タカヒロではなくベルだよ。それではごゆっくり」

それだけ言うと、ベルは給仕されたご飯と入れ違いに、部屋を去って行った。最初から最後まで、完全に水沢だったけどな。

「水沢、なんか活《い》き活《い》きしてるな」

「楽しそうでしたね」

「ぉおおーっ！　ごはん、めちゃくちゃ豪華だよ！　ステーキにサラダ、スープまで！」

「ホントだ！　これを食べると……どうなるんだ？　ＶＲ的に味がするのかな？」

「どうなんでしょう……あ！　私用のサイズのものもあります！」

「作りこまれたゲームだなあ……早く食べてみよう！」

「それね！　食べよ！　それじゃ、いただきまーす」

「「いただきまーす」」

そうして俺たちは用意されたご飯をもりもり食べる。

「これは……美味《おい》しい、っていうよりも……」

「なにか……いい感じ、ですね」

「うん。くすぐったいっていうか気持ちいいっていうか……さっきのレベルアップのときに似てるかも」

「あ、それだ」

「そうなんですか？」

俺は頷《うなず》く。

「うん。たぶんそれと同じ感覚……ってことはレベルアップとか回復とか、そういうプラスの効果が全部この感覚に統一されてるのかも」

「なるほど！　なんかＶＲのゲームって感じ！」

「食べたらくすぐったくなるって……不思議です」

一体どんなシステムになっているのか見当もつかず、俺はわくわくとしてしまう。

「だね。すごいゲームだなあ……この先にはなにがあるんだろう」

「あはは。ゲーマーの血が騒いでる？」

「そうかも。早くいろいろ試したくてうずうずしてる」

「それじゃあ、これ食べたら明日に備えて寝ましょうか」

「それで回復ってことだよね？　了解でーす！」

と、寝る準備を進めながら俺は考える。

「けど睡眠……か。時間の流れとかはどうなってるのかな？」

「あ、えーっと……ルールブックによると、パーティみんなで布団《ふとん》に入って数秒間目を瞑《つむ》ると、朝が来たことになって全回復するみたいです」

「あはは、それはＲＰＧって感じだね」

「えー！　私このふかふかのベッドでしっかりじっくり寝たーい！」

「いやいや！　それはせっかくの冒険がもったいないだろ！」

「ふふ。友崎《ともざき》くん、楽しそうです」

そうして俺たち三人は、用意されたふかふかのベッドで眠りについた。

＊＊＊

そして朝。

「おっはよー!!」

「いやおい元気だな。しっかり寝たいんじゃなかったのか？」

「なんか回復したらこう、スッキリしたっていうか？」

「あ、でもわかります。ちょっとしか目をつむってないのに、なんだかひんやりしたってうか、体がスッキリしたような感覚です」

「まあそれはわかる……この感覚になったら回復完了、ってことなのかな?」

「かもね! さーて! 冒険の再開だー!」

「ふふ。七海《ななみ》さんも元気いっぱいですね」

俺たちは体力も回復し、目指すは次の目的地——なのだけど。

「けど……みんながどこにいるかもわからないし、この冒険の目的も決まってないからなあ」

考えながら、途方に暮れてしまう。

「一応ルールブックによると……魔王に支配されそうな世界を取り戻すのが目的とのことです」

「その辺はいわゆるベタ中のベタって感じなのか……」

「体験版なので、いろいろ省略されてるみたいですけど……」

「とりあえずその魔王を倒せばいいんだね! よーっし! ワタクシ七海みなみにまかせなさーい! 乗り込むぞー!」

勢いよく部屋を飛び出そうとするみみみを、俺は制止する。

「待て待て。体験版とはいえ、どう考えてもレベル足りないしパーティも貧弱すぎる」

「あれ? そう?」

「少なくとも攻撃魔法と、回復魔法が使えるメンバーは欲しいところだな……」

「ブレーンは使えないの？　なんかステータス？　ってところ見るとＭＰもあるっぽいけど。これ魔法のポイントだよね？」

「俺は勇者……だから一応使えるんだろうけど、レベル低いしな……。やっぱり専門の人もいたほうがいいだろうな」

「それじゃあやっぱり、みんなを探すところから、ですかね？」

「だね。とりあえずここから出ようか」

「了解！」

＊＊＊

俺たちは宿を出ると、ベルこと水沢《みずさわ》が見送りに出てきた。

「いい朝だね。それではみんな、ご武運を祈っているよ」

それだけ言うとベルは建物の中へと戻っていく。俺たちは一銭もお金を払っていない。

「……ほんとに全部奢ってくれちゃったね」

みみみは少し申し訳なさそうに言った。

「ですね……」

「冒険者は歓迎するとは言ってたけど、なんであそこまでしてくれるんだろう？」

俺も考えるが、これといった答えは出ない。ふむ。

「タカヒロだからなーんか裏を感じちゃうよねぇ。丁寧《ていねい》にみんなのぶんの武器と防具と回復アイテムまで用意してくれたし、次の町の場所まで教えてくれたし」

「たぶん水沢《みずさわ》の独断でやってるってわけではないだろうから……単純に、体験版だし最初の町だからチュートリアルとして難易度が下げられてるだけか？」

「えーと、ゲーム的な都合、ってやつ？」

「うん。けどここまで作りこんであるなら、そういうゲーム的な都合とは別に、冒険者に優しい理由も設定してありそうなんだけどなあ」

俺はこれまでのゲーム経験を総動員して、それらしい解答を探す。

「うーん。けどなんか町も静かだし、住んでるみんなもニコニコ笑顔だし……問題が起きてるって感じはしないよね」

「そうなんだよな……」

「だとしたら……どういうことでしょう？」

「……考えられるのは」

そこで、一つ俺のなかに考えが浮かんだ。みみみは「うん？」と俺のほうを向く。

「宿を与えて装備とアイテムをくれたことで、もう武器屋にもアイテム屋にも寄る必要がなくなった。次の町のことまで教えてくれたから、町の人から情報収集する必要もなくなった。

……つまりこれってさ」

「あ、そっか」

そこで、菊池《きくち》さんも自分なりに答えへたどり着いたようだ。

「え、なになにどういうこと!?」

「逆に考えると……水沢、じゃなくてベルは、自分以外の町の人と、あまり関わりを持たせたくないのかもしれない」

「……んんー？」

きょとんとするみみみに、菊池さんが言葉を足す。

「つまり……この町で隠しているなにかに、踏み入られないように……ってことですよね」

俺が頷《うなず》くと、みみみは納得したように。

「あ、そっか。アイテムも情報ももらったら、別に他の人と話す必要もなく、すぐにでも次の町に行けるもんね」

「……だとしたら、この町を調査したら、なにかわかるかもしれない」

俺が言うと、みみみの表情はぱーっと明るくなる。

「それこそ、ほかのプレイヤーの情報とかも!?」

「その可能性もあるかもな」

すると菊池さんも、やる気を出したように笑う。

「それじゃあ……次の町に行かずに、調べてみますか」

「だね。そうしてみよっか」

そして俺たちは町に繰り出した。

＊＊＊

しばらく探索していると、町人が歩いているのが目に入った。

「あのーすいませーん」

「やあ。なんだい？」

俺が声をかけると、さらりとした口調で町人が答える。

「……この人も竹井《たけい》なのかな」

俺がぼそりと言うと、町人は首をかしげた。

「たけい？　なんのことだい？」

「声は違うように聞こえますね」

「普通ＮＰＣもいるってことかな？」

「えぬぴー……？」

俺と菊池《きくち》さんが会話していると、町人がすごく嫌《いや》そうな顔をして、横から口を挟む。

「竹井とは一緒にしないでほしいかな」

「あ、これたぶん水沢《みずさわ》だな」

俺はすぐにピンときた。みみみもそれに同意する。

「また楽しそうに演じてるね」

「水沢ってことは、敵っぽいなこいつ」

「水沢くんの扱い……」

そんな会話をスルーしながら、町人は俺たち三人に話しかける。

「君たちは冒険者かな？」

「えーっと、そうですね。タカヒロ……じゃなくてお兄さん、この町に冒険者ってよく来るんですか？」

みみみが言うと、町人はすらすらとセリフを言うように。

「そうだなぁ。一週間に一回くらいは来るかもしれないね。けどそれも、ベル様にご対応いただけるから、すぐに次の町へ向かうんだよ」

「やっぱりそうなんですね」と俺は納得する。

「ああ。だから、進行表が狂うことはないんだよ」

その聞き慣れない台詞《せりふ》に、菊池さんが反応した。

「進行表？」

「あれ？　みんな知らないのかい？　ああ、だから迷った目をしているのか。納得納得」

いまいち意味のくみ取れない言葉。俺も迷ったように眉《まゆ》をひそめた。

「ど、どういう意味です？」

「興味があるのかい？　幸せの本質に」

意味深な表情で言う町人に、みみみも「え、えーっと？」と戸惑《とまど》っている。

「おっと失礼。そろそろ夕暮れ時だね。今日の僕は夕暮れと同時に町娘のいたずらを発見することになっているから、そろそろ失礼するよ」

「え？　あ、はい。そうですか」とみみみだ。

「それじゃあ、ベル様と約束された幸せに、敬意を」

そう町人が話を切り上げた、そのとき。

「──みんな!!」

幼い声が聞こえる。俺たちが振り向くと、そこにいたのはたまちゃんだった。

「え？　……たま!?」

「おお！　たまちゃん！」

「夏林《なつばやし》さん。この町にいたんですね！」

喜ぶ三人をよそに、町人の表情が険しいものへと変わっていく。

「おや？　町娘のハナビさん、進行表と違いますねぇ。やっぱり我々を裏切るつもりなんですね」

「あ……いや……」

不穏なことを言う町人に、たまちゃんは怯《おび》えたように後ずさった。

「なるほどぉ。つまりこちらの皆さんは、反逆者の仲間だったわけですか」

「な、なんのこと？」

みみみは町人とたまちゃんのあいだで目を泳がせながら、行く末を見守る。

「裏切り者には、死を」

「死、死を？」

「なんか不穏な雰囲気《ふんいき》だよ!?」

俺とみみみは顔を見合わせる。

「こうなったら……はぁっ!!　土けむりっ！」

たまちゃんは言葉とともに手からエネルギーのようなものを出し、地面にぶつけた。すると砂が舞い上がり、あたりの視界があっという間に奪われる。

「うわぁ!?　砂埃《すなぼこり》がすごい!?」

「みんな、今のうちにこっち！」

たまちゃんに連れられた俺たち三人は、砂埃が舞っているうちに路地へと駆けていった。

＊＊＊

逃げてきた裏路地で、俺たちは改めて再会を喜び合う。

「会えてよかった！　みんみに友崎《ともざき》に……風香《ふうか》ちゃん、なんかちっちゃい？」

「私……今回は妖精《ようせい》の役らしくて」

「いいね！　似合ってる！」

たまちゃんが素直に言うと、菊池《きくち》さんは顔を赤くして照れた。さすがは真《ま》っ直《す》ぐ言葉をぶつける系女子。たまちゃんはにこにこ笑っている。

「よかったねーたまより小さい子ができて！」

「うるさい余計なお世話！」

みみみのいじりにたまちゃんがびしっと突っ込みを入れる。こういうところはいつもと同じ空気感だ。

「ていうかたまのその格好はなんなの！　緑っぽい胴着？に赤いスカーフとか、ギャップ萌《も》えすぎる!!」

「えっと、私は町はずれの空手道場の家に暮らす、武闘家の娘ってことになってるよ！」

「……たしかにいわゆる、武闘家って感じの服だな」

俺はRPG知識からそれを想起した。緑色のチャイナドレス風の服に、オレンジ色のスカーフ。髪の毛は短くツインテール風に結われている。

「たまが空手……心も体も強い……けどちっちゃい……かわいい。ブレーン、今日から私たまを推します！」

「いや、ずっと推してただろ」

俺が暴走するみみみをたしなめると、みみみはてへ、と舌を出した。

「……ってそんなことより！」

たまちゃんが気を取り直してびしっと言う。

「そうですね。さっきのは一体？」

「うん。……この町、ちょっとおかしくてね――」

菊池さんの問いかけに、たまちゃんはゆっくりと語りはじめた。

＊＊＊

「なるほど……あの町人の言ってることはそういう意味だったのか……」

たまちゃんの話を聞き、俺は納得する。

「えっと、つまりこの町は……住んでる人の行動が、全部あのタカヒロ……じゃなくてベルに決められてるってこと？」

みみみも考えながら、たまちゃんの話をまとめる。

「うん。みんなにそれぞれ『進行表』ってものが渡されて、そのとおりに動かないといけないの。どこでなにをして、誰《だれ》と友達になって、誰と結婚するか。そのとおりにすれば必ず幸せになるから、って」

「幸せ……ですか」

菊池《きくち》さんは難しい顔でつぶやいた。

「町長のベルさんは元凄腕《すごうで》の占い師で……たしかに言う通りにしたらいい出会いがあって、いい仕事にも巡り合えて、幸せに人生を終えられるらしいんだけど……」

「自分のやりたいことをすることはできない、と」

話を聞きながら俺は、それはたまちゃんのポリシーと真逆の考え方だな、と感じていた。

「自由意思は認められてない、ってことですね」

「うーん、ディストピアってやつですねえ」

たまちゃんはまた頷《うなず》く。

「この世界での私のお父さんとお母さんもその進行表のおかげで出会えて、だからベル様には感謝してる、って言ってるんだけど、私はそんなふうに生きるのは窮屈《きゅうくつ》だな、って……」

「あはは！　たまには無理だねそれは！」

「うん。そしたら……」

と、そのとき。

「いたぞー！　あっちだ！」

路地の向こう側から声が聞こえる。俺たちが嫌《いや》な予感とともに振り返ると、鎧《よろい》を着た兵士が一人、こちらを指さしていた。

「……ってことは」

「進行表に従うのはやだ、って言ったら反逆者だーって追われることになった！」

「やっぱり！」

嫌な予感は的中した。そして俺たちはあっという間に路地の端に追いやられてしまう。

「追い詰めた！　もう逃げられんぞ！」

「見つかった！　よーっし、やるしかないか！」

危機的状況ながらも、みみみはゲームを楽しみながらワクワクした口調で言う。

「気をつけて！　相手はさっきのスライムよりも数倍強いです！」

「おっけーい！　まあこのみみみちゃんにまかせときなさーい！」

「みみみ、シーフだからどっちかって言うと補助系だけどな？」

「あり？」

「大丈夫！　私は武闘家だから戦える！」

「お。じゃ俺とたまちゃんが前衛、みみみは相手をかく乱してくれ！　じゃあ、いくぞ！」

「うーん、なにか思ってたのと違いますねぇ」

ぽりぽりと頬《ほお》を掻《か》くみみをよそに、俺たちと兵士との戦闘が始まった。

＊＊＊

シーンが変わったように俺たちのいるフィールドが箱状へと変化する。どうやらこの戦闘からは逃げられないようだ。

「やる気か、反逆者め！　えーっと、ベル様のサイき……？が下るぞ！」

兵士はしどろもどろに言う。その声はさっきのスライムと同様、竹井《たけい》に似ていた。

「さいき？」

俺がきょとんとして聞き返す。しばらくの沈黙ののち、みみがはっと気がついたように口を開いた。

「……たぶん、……裁き、のことかな？」

「あ、裁きって文字、栽培のサイの字と、漢字が似てますもんね」

菊池《きくち》さんも頷《うなず》き、兵士は嬉《うれ》しそうに二人を指さした。

「そうそれそれ！　さばき！」

俺はため息をつく。

「竹井……戦闘なのに緊張感ないなぁ……」

「う、うるさい！」

そうして兵士こと竹井が取り乱した瞬間を、みみみは見逃《みのが》さなかった。

「隙《すき》あり!!　くらえ!!」

みみみは腰のナイフを取り出し、兵士に斬《き》りかかる。しかし。

「ふん！　効かないよなぁ！」

「弾《はじ》かれた!?」

みみみの攻撃は兵士に通らなかった。

「鎧《よろい》が物理攻撃を弾くのか！　まずい、うちには魔法を使えるメンバーはいないぞ」

俺たちが戸惑《とまど》っているうちに、兵士は竹井の声で「おりゃぁ！」と叫び、大剣を振りかぶった。その矛先《ほこさき》は、みみみだ。

「みみみ、危ない！」

「ブレーン!?」

次の瞬間。

俺はみみみの前に立ち塞《ふさ》がり、兵士の攻撃を受けていた。

「ぐ……」

「友崎《ともざき》くん、大丈夫ですか!?」

「ブレーン、ご、ごめん、庇《かば》ってもらっちゃって……」

「いや、大丈夫。たぶんこのパーティで一番防御力が高いのは俺だから……。回復アイテムを頼む」

「ぶ、ぶれーん……。わかった！」

みみみはメニューからアイテムを選択し、それを俺へ使用した。

「ありがと。楽になった。……けど、どうやってダメージを与えればいいんだ……」

そのとき、これまで様子を見ていたたまちゃんが前を向く。

「……私、ちょっとやってみる！」

そしてたまちゃんは腰を落として構え、勢いよく相手に突進した。

「とおっ！　掌底《しょうてい》！」

たまちゃんの低い姿勢から繰り出された一撃は、兵士の兜《かぶと》を突き上げるように捉《とら》えた。

「お、おおう!?　くらっとするよなぁ!?」

その様子を見て、菊池《きくち》さんは驚く。

「よ、よろけてる!?」

「振動を伝えて頭を揺らしてみた！」

元気よく言うたまちゃんだったが、それを見ているみみみはどこか複雑そうだ。

「あれ？　たま、なんか武闘家として結構強い？」

「うーん、っていうより、あの竹井《たけい》の鎧《よろい》を見てたら閃《ひらめ》いたっていうか……」

「なるほど……戦闘中に技を閃くタイプのＲＰＧか。……みみみ！」

「うん？」

「相手のことをじっと見てみてくれ！　それで何か閃かないか？」

「相手のことをって……。……ん？」

「なにか閃いたか⁉」

「ふっふっふ〜。このみみみちゃんに、おまかせあれ！」

そしてみみみは自慢の脚力で駆け出す。一瞬のうちに兵士の懐へと飛び込んだ。

「速──っ⁉」

「はい、ちょちょいのちょい、と」

カチャカチャ、と鍵《かぎ》をあけるような音とともに鎧が分解され、がらんがらんと音を立てて崩れていく。兵士の生身の姿が明らかになった。

「これぞ、ガードブレイク！」

「鎧が外れました！」

「あとはまかせたよ、ブレーン！」

「おっけー！　うおおお！」

そして俺は勢いよく駆けだし、勇者の剣で兵士を切り裂く。物理的に切断されることはなく、ダメージを与えたという感覚が腕に残った。

「ぎゃあああああ!? やられたよなあぁ!?」

そして竹井《たけい》の声で兵士が叫び、その場へ倒れ込む。

「よーっし倒した！」

「やりましたね！」

みみみと菊池《きくち》さんが喜びの声をあげるなか、たまちゃんは道に倒れて動かなくなってしまった兵士を見ながら、ぼそりとつぶやく。

「……竹井、なんかかわいそうだね」

「まあそれは現実でもそうだ」

そのとき。俺の身体《からだ》を例の心地《ここち》よい感覚が駆け巡った。それも、連続して何度もだ。

「この感覚……レベルがいくつも上がったか？」

「すごいぞわわってした！」

たまちゃんも驚いたように言い、みみみはなぜか体をくねらせていた。

「これは、クセになりますねぇ」

「なるなるなるな」

そうしていると、倒れたままの兵士が天に向かって左手を突き上げる。

「べ、べ……ベル様に、幸せあれ～～～!!」

それだけ言うと、竹井の声をした兵士は腕をパタリと落とした。たまちゃんは恐る恐る近づいて様子を見る。

「う、動かなくなったね」

俺も「だな」と頷《うなず》く。そしてそこで、みみみが一つ気がついたように言う。

「けど最後の言葉……たぶん幸せあれ、じゃなくて幸あれ、だよね、台本上は……」

竹井の発した最後の言葉。さっきも裁きをサイきとか言っていたけど、あいつまたやったらしい。

「あ、また読み間違え……」

「ま、まあ竹井だししかたないよ」

気まずそうに言う菊池さんに、俺がフォローを入れる。なにへのフォローなんだこれは。

「……だね。って、そんなことよりも！　早く逃げよう！」

はっと我に返ったみみみが、みんなに呼びかけた。

「そうだな。ここにいてもたぶん追手が来る。しかも、どうやら反逆者には遠慮なく武力行使してくるタイプの相手らしいからな……」

俺は冷静に状況を分析するが、たまちゃんはどこか不安げだ。

「う、うん。けど……」

そんなたまちゃんの肩を、みみみがぽんと叩《たた》いた。

「話はあとで聞く！　とりあえず落ち着けるところまで走るよ！」

「わ、わかった！」

そうして俺たちは路地の向こう側へとまた走り出した。

＊＊＊

俺たちはどうにか安全なところまで抜けられないかと町を駆け回るが、町人に見つかるたびに騒ぎとなり、行く手を阻《はば》まれてしまっていた。

「くそ……！　どこに行ってももう町の人に顔が割れてるな……！」

先頭を走りながら俺が言う。たまちゃんは焦燥した表情でそれに答えた。

「みんなの進行表に緊急変更が加わったんだと思う……魔法の力で、リアルタイムに書き換えられるから……」

「それじゃあ、一旦《いったん》町を出るしかないんですかね？」

「たぶん、町を出る門は全部閉ざされちゃってる。出るとしても、一回抜け道を見つけないと……」

たまちゃんは焦《あせ》りながら言うと、周囲を見渡した。

「うー、どうにか助けてくれる人はいないの!?」

みみみの叫びを聞き、閃《ひらめ》いたようにたまちゃんが顔を上げた。

「……こっち！」

「心当たりがあるんですか!?」

「うん。私が隠れてるとこ！　家族が匿《かくま》ってくれてるの！　全員入る余裕があるかわからないけど、尾行されないように気をつけていこう！」

その言葉にみみみは、にっと笑顔を返した。

「わかった！　さっきのレベルアップで、忍び足って技覚えたから、それでいける！」

「おお！　さすがシーフ！　たのんだ！」

「まかせときなさーい！　全体スキル・忍び足！」

そして俺たち四人は、気配を消して路地を抜けていった。

＊＊＊

「抜き足差し足……到着、かな？」

みみみはおそらく本来必要ないであろう文句を言いながらも、脚のあたりをぽわぁと光らせていた。たぶん忍び足スキルを発動させてるってことなんだと思う。

「うん。ここ」

「ここが……たまちゃんの隠れ家?」

「倉庫、ですよね」

俺と菊池《きくち》さんが見つめる先。そこには古びた木製の小屋があり、少なくとも人が住むような場所には見えない。

「つぶれちゃった道具屋の倉庫に長持ちする食べ物がたくさんあったから、ここに隠れてるの。みんな進行表どおりに動いてて、倉庫のことは忘れてるから、いまのところ安全」

「そうなんだ……」

みみみは不安そうに言うが、ともあれ全員でそのなかへ入ることにした。

「いまはお父さんとお姉ちゃんがいて……お母さんは当番の水くみかな?」

「こんにちはお父さんとお姉ちゃ……ってあれ!? 優鈴《ゆず》!?」

みみみはなかにいた泉《いずみ》と目が合い、驚きの声を上げる。

「え!? み、みんな!?」

泉は俺たちになかを見回しながら言う。俺も突然の泉とのエンカウントに驚いていた。

「ど、どうしてここに!?」

すると、たまちゃんが当たり前のように言う。

「説明してなかった! えっと、私のお姉ちゃんだよ」

「お、お姉ちゃん……?」

その衝撃の告白に、みみみは複雑な表情を浮かべた。

「うんそう！　花火《はなび》ちゃん、私の妹になったよ！」

「そ、そうなの……？　私のかわいいかわいいたまが……優鈴の妹に……えーと……」

「みみみが揺れてる……」

俺は困惑しながらも、その迷いの行く末を見守った。一体みみみはどんな結論を出すのか。

「――それはそれで、あり！」

「ああそう、ならよかった」

まあみみみだからそうなるよね。俺がぐったりため息をついた、そのとき。

「えー、ごほん」

たまちゃんの父らしき人物が、咳払《せきばら》いをする。けれどその声は、咳払いの時点で完全に竹井《たけい》だった。

「竹井だ」

「竹井くんですね」

言いながら、俺と菊池さんはくすりと笑って顔を見合わせる。

「君たちはだれなんだ？」

「あ、ごめんなさい。えーっと優鈴のお父さんですよね」

みみみが言うと、男は機嫌良くにこりと笑った。

「そうっしょ！」

「やっぱ竹井《たけい》だ」

「竹井くんですね」

そして再び、俺と菊池《きくち》さんが顔を見合わせる。

「私たちは、たまと優鈴《ゆず》の友達です！」

「そっか友達か！　ならゆっくりしてってくれな！」

軽い口調で言うと、父親はびしっと親指を立てて見せた。ってかこれもう竹井だわ。

「あっさりですね」

「威厳がなさすぎる……」

そのとき。小屋の外から争うような金属音と殴打音が聞こえてきた。

「え……！　なんの声だ！」

竹井の声ながらも、父親は焦《あせ》った声を出した。

「外から……お、お母さん!?」

泉《いずみ》が焦るように言い、それにたまちゃんも愕然《がくぜん》とする。

「そ、そんな！」

そして全員で外へ飛び出すと、そこには。

「こ、これ！」

「複数の足跡と、争った形跡と……血、ですね」

生々しい跡。明らかにただ事ではない状況に、泉が声をあげる。

「う、うそ!?」

しかしもうそこに、母親と兵士の姿は見えなかった。

「さらわれちゃった……ってこと？」

「状況だけ見るとそうだろうな……いや、もしかすると……もう命は……」

みみみと俺の推測に、泉の父親こと竹井が、竹井とは思えないほどの絶望の表情を見せた。

「そんな……このあたりには進行表に従う兵士はこないはずなのに……」

そしてそれ以上に深刻な表情をしていたのが、たまちゃんだった。

「私のせいだ……」

「花火《はなび》ちゃん？」

「また私が余計なことするから……進行表が更新されて……」

言いながら、少しずつ声が小さく、弱くなっていく。

「そ、そうかもしれないけど、まあ、ゲームだし！」

「そうそう！　ゲームなんだからそんなに責任感じなくていいって！」

みみみと泉は説得するが、しかしたまちゃんは納得しなかった。

「けど……こんなにリアルだったら、人を相手にしてるのと変わんないもん」

「そ、それは……そうかな?」

泉《いずみ》はあまり本音では共感できていなそうな表情だったが、合わせるように相槌《あいづち》を打った。

「まあ、たまは……そう考える、か」

みみみは納得したように頷《うなず》く。

「助けないと」たまちゃんは決意したように顔を上げる。「私と優鈴《ゆず》ちゃんのお母さん、私たちが助けないと!」

「花火《はなび》ちゃん……」

菊池《きくち》さんがはっとしたように言う。そして俺も、たまちゃんの気持ちがよく理解できていた。

「……そうだな」

だから俺は、強い口調で言う。

「ブ、ブレーン?」

「まあ確かに、ゲームだし人が死んでも大丈夫って意見もわかる。血が通ってないからな」

「うん、そうだね」と泉が頷く。

「けど……ゲームだから手を抜いたりはしない。ゲームだからこそ、いつでも本気でやる。それがゲーマーってもんだと……俺は思う」

俺が自分の考えを伝えると、菊池さんがふふ、と笑った。

「そうですね」

思わぬところからの同意に、俺は驚きながらも嬉《うれ》しくなる。

「私も賛成です。偶然与えられただけの役割ですけど、せっかくなら全力でやったほうが、楽しいと思います」

「……ありがと、わたし、めんどくさいよね」

少しくらいトーンで言うたまちゃんの肩を、みみみがばしーんと叩《たた》いた。

「そんなことないよ！　……いや、正確に言うと、めんどくさいけどそこが好き、みたいな？」

「ふーん。ありがと」

たまちゃんは目をそらし、ほんの少しだけ赤面しながらそう言った。

「よし、それじゃあもうこれはリアルだと思って、お母さんを救出しに行くぞ！　生きている可能性があるなら、全力でそれを拾いに行こう！」

俺が勇者らしく全体を率いる。ゲームのなかでなら俺はこういうこともできる。

「そ、そう!?　よし！　みんながそう言うなら、協力するよ！」

泉はまだ状況に乗っかりきれていない様子だったが、それでも足並みは揃《そろ》えてくれた。

「それじゃあ、二人のお母さん救出作戦、スタートだね！」

みみみが元気よく言うと、ふと気づいたように菊池さんが泉のほうへ視線をやった。

「あ。ちなみに、泉さんはなんの職業なんです？」

「職業？」

ゲームをあまりやらない泉《いずみ》に言葉が通じなかったため、俺が補足を入れる。

「あーえっと、魔法使いとか戦士とかそういうの」

「あーそれね！　なんか、白魔導士って書いてあるよ」

「おお！　ってことは回復か！」

「うん！　回復の魔法とか使える！」

待望の人材に、俺は満足げに頷《うなず》いた。みみみも嬉《うれ》しそうに笑っている。

「それはちょうどよかったね！　回復の人ほしいって話してたんだよさっき！」

「よし、これだけパーティが揃《そろ》えば大丈夫だろ！　勇者に武闘家、シーフに白魔導士。バランスも悪くないしな」

「よーっし！　そうと決まればさっそくGOだ！」

みみみのかけ声に、みんなが「おー！」と声を合わせた。

「あ、その前に適当に町はずれとかで兵士でも倒してレベル上げしていこう」

「ブレーン堅実だね⁉」

＊＊＊

ベルの屋敷の前。

「ついに来たね……」

みみみが目の前にそびえる屋敷を見上げながら言う。

ここは敵の本拠地。油断していたらあっという間にやられてしまうだろう。

「みなさんかなりレベルも上がりましたね」

菊池《きくち》さんの言葉にみんなが頷く。町はずれでレベル上げをした結果、なんか途中からレベルが上がるときの感覚にハマっていったから、十分に強くなったと思う。けど、それがボスに通用するかは別の話だ。

「ここが水沢《みずさわ》の屋敷……」

俺が緊張しながらつぶやくと、

「あ、一応名前はベルっていうらしいのでそう呼んであげたらどうですか?」

「いい！　めんどくさい！」

「とのことです菊池さん」

「そ、そうですか……」

たまちゃんと俺のダブル本音トークに、菊池さんはしゅんと小さくなった。ご、ごめん。

「さて、どうしようか。正面から堂々と乗り込むか……けど、こういうのって、正面から入ると罠《わな》にかかったりするのがセオリーなんだよな……」

俺が考えながら言うと、みみみが屋敷の裏を指さした。

「あ、それなら……こっち！」

「なんか知ってるの？」

きょとんと尋ねる泉《いずみ》に、みみみは得意げに親指を立てた。

「じゃなくて、私レベルあがって鍵《かぎ》開けのスキル覚えたから、たぶん裏口とかから侵入できるはず！」

「おー！　さっすがどろぼー！」

なんか泉がノリノリで言ってるけど、ゲーム詳しくないしなんとなくで言ってると思う。みみみはノンノン、と指を振り、

「シーフね！　泥棒はなんかかっこ悪いから！」

「どっちでもいい！　早くいこ！」

そしてたまちゃんに一刀両断される。その一方で俺は、一人で悦に浸《ひた》っていた。

「ふっふっふ。やっぱりレベル上げが活《い》きたわけだ」

「なんかブレーンが気味悪く笑ってる……」

「えーっと入り口は……」そして泉は扉を見つける。「あ！」

「それっぽいのがありますね」

「よーっし。それじゃあさっそく入ってみよっか！」

そうして俺たちは屋敷へ踏み込んだ。

＊＊＊

——同時刻。屋敷の二階。

そこには二つの人影があった。

「入ってきたみたいだな」

「そうね。タカヒロ、どうにかしてくれる？」

王座に座る女の影と、その横に仕える スマートな男。

暗闇《くらやみ》に浮かぶ二人の姿は、どこか楽しげだった。

「……ここではベルと呼べって言っただろ」

「ふうん？　だったらあなたも、私にきちんと敬語を使わないといけないんじゃない？」

「はいはい、そうでしたね。魔王様」

「よろしい」

「で、じゃあまずは俺がいけばいいのか？」

「……『いいのか』？」

「あー、いけばよろしいでしょうか？　魔王様」

「ふふ、そうね。頼んだわよ、タカヒロ」

「いやだから……ああはいはい、わかりました。仰せのままに」

＊＊＊

「一階にはだれもいないみたい。盗賊の感覚で探してみてるけど、気配はない」

「便利だなシーフ」

能力をフルに活用するみみみに、俺は突っ込みながらも感心する。

「たぶん……地下と二階は人がいる！」

「ということは、地下が牢獄《ろうごく》で、上がベル、といったところでしょうか」

「その可能性が高そうだね。ＲＰＧの牢獄と言えば地下だし。……ってことは！」

俺が言うと、たまちゃんがぱあっと表情を明るくする。

「やっぱり、生きてるってこと!?」

「まだわからないけどな。門番だけがいるって可能性もあるし」

俺はあくまで冷静に可能性を示し、それにたまちゃんも頷《うなず》いた。

「……だね。それじゃあ、行こう！」

そして俺たち五人は地下室へと向かう。

「あ、あそこ！」

菊池《きくち》さんが指さした先には、ひとつの女性の人影があった。

「牢屋《ろうや》のなかに女性の人影……ってことは！」

俺が言うと、そこにみみみも続いた。

「あれがきっと二人のお母さんだね！」

俺は頷く。これで親子の感動の再会、になると思いきや――。

二人の母は、竹井の声でこう言った。

「……優鈴《ゆず》っち！　たま～～!!」

「いや、母親も竹井《たけい》ボイスなのかよ!!」

俺はつい大声でツッコミを入れていた。いやだってそんなのありかよ。そこはうまいことやってくれよ。

「これは感動するにもできないねえ……」

みみみも苦笑しながら、リアクションに困っている。いやそりゃそうだ。

「これをちゃんとリアルに思って、助けようとした花火《はなび》ちゃん、すごいですね……」

「うん？　だって設定でも母親は母親だから！」

たまちゃんは当然のように返す。そして泉《いずみ》はすがるようにみんなに振り向いた。

「感情移入できなかった私は悪くないよね!? ね!?」

「そういうことだったんですね……」

「たしかにこれは仕方ない――」

と俺が言いかけたとき。扉の音とともに、男の声が響いた。

「そこまでだ」

「……その声は、みずさ……じゃなくて、ベル」

俺が言うと、ベルはやれやれ、とため息をつく。

「まったく、素直に次の町に行っていればよかったものを……こうして秘密に触れてしまうとはな」

「うるさい! お母さんを返せ!」

たまちゃんはしっかりと感情を込めて言う。すごい。水沢《みずさわ》もそれに呼応するように、

「それはできない相談さ」

そんな二人の会話を見た泉《いずみ》とみみみが、小声で「ねえ、ヒロも結構ノリノリだね?」「優鈴《ゆず》、そういうこと言わない」と会話をしている。たしかにさっきからずっと水沢楽しそう。

「そこ、私語は慎め」

水沢が強くたしなめると、泉は「は、はいっ!」と背筋を伸ばした。

「けど、なんで母親をさらったりしたんだ!」

俺が一応演技に乗りながら言うと、水沢はゆっくりと語りはじめた。

「僕の作る理想の町に邪魔だったから、ただそれだけだよ」

「理想の町……？」菊池《きくち》さんが言葉を繰り返す。

「僕には完璧《かんぺき》な理想を知る力がある。僕が天から啓示されたシナリオを組み合わせて、全てを予定通りに動かせば、全員が平等で、そして幸せな世界になるのさ。もちろん、人間も魔族も平等に、ね」

水沢の言葉に、たまちゃんが怒りの声をあげた。

「そんなの、みんなの気持ちを無視してる！　やりたいことがある人だっているもん！」

感情のこもった強い口調。しかし、水沢はそれに動じない。

「やりたいことがある人だっている。たしかに町娘、君の言うことにも一理はある。だが、そうでない人のほうが多いんだよ。やりたいことなんてない、ただ指示されるがままの方が楽で、それが幸せだと感じる人。君が自分の道を歩みたいのだとしても、ほかの人にそれを強制することは、果たして正しいのかな？」

「そ、それは……」

「君が自分一人で町を出るなら僕も止めはしない。けど、家族や友人を洗脳して、そしてみんなで町を出ようというのならばそれは見過ごせない。だって君の家族や友人は、僕の町の大事な一部なんだからね。なにか間違ってるかい？」

「……っ！」

「たま……」

水沢《みずさわ》の言葉に、たまちゃんは言葉を失ってしまう。

「君が強く生きることを否定されたくないように、世界には弱く生きることを肯定してほしい人もいる。そんな弱い人に『約束された幸せ』を提供するのが、この村なんだよ」

「そ、そう言われると……」と菊池《きくち》さんも押され気味だ。

「君の家族はもともと、君にそそのかされるまではこの町で、幸せに過ごしていたんだ。なんの疑いもなく、真っすぐにね。それを壊したのはハナビ、君なのさ」

「そ、そんなこと……私……」

そのとき。

それまで俯《うつむ》き気味だった泉《いずみ》が、ぱっと顔を上げた。

「……けど！」

「泉……!?」

「けどそれでも、家族って大事じゃん!!」

その真《ま》っ直《す》ぐな言葉。たまちゃんが呆然《ぼうぜん》と泉を見つめている。

「……優鈴《ゆず》ちゃん」

「自分のためのわがままかもしれないけど……それでも大事な家族に『町の一部』じゃなく

て『自分』になってほしいって思うのって、そんなに悪いことかな⁉」

「なにを下らないことを……」

「ヒロならわかるでしょ⁉　自分を強く持ってる人って、かっこいいじゃん！」

「……ヒロじゃない。ベルだ」

「ベルだとしてもだよ！　わからない⁉」

「……ったくわかったわかった」

「ベル、っていうか、ヒロ……？」

「どんだけマジになって叫ぶんだっつーの。そこまで言われたら俺もちょっと改心したくなってきたわ」

　言いながら、ベルこと水沢はふっと体の力を抜く。

「ってことは、水沢……」

「いいんじゃねーの？　たまの家族みんな解放ってことで。別に、この町も四人くらいいなくなっても大して変わんねーしな」

「……わかってくれたんですか？」

「まあわかったっていうか……ベル的にはわかんねーけど、俺的には泉の説得で納得したから戦闘回避ってことで」

「タカヒロぉ！　いいとこあるじゃん！」

みみみが喜びの声をあげ、水沢《みずさわ》も冷静に息をついた。

「まあな。じゃ、そういうことで、見つかる前にさっさと帰ることだな——」

と、そのとき。

こつこつ、という硬質な靴《くつ》の音が、部屋に鳴り響く。その音が少しずつ、近づいてくる。

「あら。ベル。ちょっと甘すぎるんじゃない？」

「ほら、言ったそばからこれだよ」

水沢があーあ、と苦笑した。靴音が徐々に大きくなり、やがて奥の扉から現れたのは。

「——みなさん、ご機嫌麗《うるわ》しゅう」

「……葵《あおい》!?」

はっきりと魔王の姿をした、日南《ひなみ》葵だった。

「あら。庶民からそんなフランクに呼ばれる筋合いはないわね。私は魔王。——魔王・日南葵」

「ま、魔王……」と菊池《きくち》さんも気圧《けお》されたように言う。

「ついにマジの魔王になったんだな……」

みんながその迫力に飲まれるなか、俺はみんなとは違う意味で感心していた。

「あーあ。こうなったらもう知らねーぞ？　逃げるにも逃げられねーから」

水沢が片眉《かたまゆ》を上げながら言うと、泉《いずみ》はわかりやすく怯《おび》える。

「ど、どうしよう、た、闘う!?」

「け、けど明らかに格上オーラがすごいよ!?」

みみみも流されるように、少しずつ焦《あせ》り出した。なんてったってこの日南の迫力がすごい。

「そうね。あなたたちでは私は倒せない。……けれど、そもそも私は争う気がないのよ」

思わぬ言葉に、たまちゃんがきょとんと首をかしげた。

「そうなの？」

「私はただ、魔族と人間が平等に暮らせる世界を作りたいだけなの」

泉もその真意を探るように、日南の目をじっと見た。

「魔族と、人間が？」

日南は頷《うなず》く。

「今の世界は人間がほとんどを制圧している。けど、私が理想とするのはその共存。どちらを優先することもなく、ただ単に、住み分けて暮らすの」

「それができるならいいんだろうけどさ……そんなのって非現実的だろ」

「えーと……。でも問題は……魔族って、人間を食べるんですよね？」

俺と菊池さんの反論に、日南はあくまで冷静に言葉を返した。

「そうね。けどそれは、人間が家畜を食べるのと同じ。だから私たち魔族は、家畜用の人間を買い、そこで得た肉しか食べないと約束するわ。そう、まさにこの町のような牧場でね」

そこで俺はピンとくる。

「あーなるほど。……つまりこの町は人を完全に管理して、家畜にした牧場のプロトタイプだった、っていうストーリーか」

「ストーリーか、とか言うのはやめて」

「あ、すまん」

俺のメタ発言に日南《ひなみ》が突っ込み、一瞬沈黙が流れた。きまずい。日南は気を取り直し、ごほんと咳払《せきばら》いをする。

「……つまり。魔族と人間で住む場所を平等に分け、魔族は人間を家畜として育てて食べる。その代わり、人間の住む場所には手を出さない。もちろん、人間が家畜を育てて食べることになんの文句も言わない。食用に魔族を育ててくれても構わない。それでどう？」

「たしかに平等には聞こえるけど……」

「それって、この町みたいな牧場を許すってことだよね？」

みみみと泉《いずみ》は、答えを出せずにいる様子だ。

「だめだよ！　そんな牧場を許しちゃいけない！」

「けど、確かに人間も豚や牛を育てて食べています……」

「あ！　そ、そっか、それはそうだけど……」

たまちゃんは菊池《きくち》さんの言葉に揺れていた。

「ど、どうする!?　ブレーン、ここはどうするべき!?」

「ええ!?　お、俺!?」

「そうだね友崎《ともざき》！　私もこういう難しいのわかんない！」

みみみの無茶ぶりに泉も頷《うなず》き、なぜかすべてが俺に託された。なんでよ。

「ま、まじかよ……」

「最強のゲーマーなら、そのくらい答え出せるでしょ！　まかせた！」

「みんみがまかせるって言うなら、私もまかせるよ」

たまちゃんも俺をまっすぐ見て言う。こんな時にそんなまっすぐ見ないでほしい。

「うん。あとお前今回勇者役だしな」

「う……そう言われると」

その水沢《みずさわ》の一言が、俺にとっては最も決定的だった。たしかにこういうときは、勇者が選ぶものだよな。ゲーム的には。反論できん。

ということで、俺は考える。確かに日南の言うとおり、構造としては平等だ。もしもそれが維持できるなら、きっと平和だろう。……けど。

「いや、それでも許せない」

答えを出した俺は、堂々と言い放った。

「……へえ。どうして？」

「たしかに人間は豚や牛を食べていて、それを許している」

「そうでしょう?」

日南《ひなみ》は圧のある口調で言い、俺の言葉の続きを待った。

「けど、それと同じように人間を育てて食べるのは、それがまったく同じ構造だとしても——許せない!」

「友崎《ともざき》くん……」と菊池《きくち》さんの心配そうな声が聞こえる。

「平等よりも、不平等を望む。そう言いたいのね?」

「そうだ! だって俺たちは、人間だから!」

「……愚かなエゴね」

日南は眉《まゆ》をひそめたあと、失望したように言うが、俺の意志は揺らがなかった。これが勇者友崎としての答えだ。

「よーっしブレーン! 了解だよ!」

みみみも元気よく頷《うなず》く。

「うん! じゃあ私も戦う!」

「だよね! 私もそう思う!」

たまちゃんがまっすぐ頷き、それに合わせるように泉《いずみ》も頷いた。

「なるほどねえ。人間だから、か」

水沢《みずさわ》は愉快そうに口角を上げていた。

「……それは残念ね。それじゃあ一撃で蹂躙《じゅうりん》してあげるわ」

「くそ……この圧力……やっぱり実力差は歴然か……」

俺はそのオーラに吞《の》まれそうになりながら、強く歯を食いしばる。

「それでも、決めたならやるしかないっ！」

その圧倒的な風格に圧《お》されつつも、みみみは前向きに言葉を放つ。

「お母さん、やられちゃったらごめんね……！」

たまちゃんは覚悟を決め、じっと葵《あおい》を見た。

「いざというときは、私が回復するからみんなだけでも逃げて！」

泉《いずみ》は白魔道士らしく、役目を果たすつもりでいるようだった。

と、そのとき。

案内役の菊池《きくち》さんが――こんなことを言った。

「……みなさん、大丈夫です！　えっと……ルールブックによると、これは体験版なので――魔王の強さは私たちでも余裕で倒せるくらいに設定されているとのことです！」

「えっ、そうなの？」

最初に素《す》っ頓狂《とんきょう》な驚きの声をあげたのは、魔王本人だった。

やがて俺たちも言葉の意味を把握し――そして。

「うおおおおお！」

四対一による、一方的ないじめが始まった。

＊＊＊

――こうして俺たちは見た目のわりにめちゃくちゃステータスの低い魔王・日南《ひなみ》葵をボコボコにしたのだった。

「く、くそ……これまで、みたいね」

「余裕だったな」

俺がにっと笑いながら言う。

「私まだまだＭＰ残ってるよ！」

泉ものすごいピンピンしている。

「私、本気で打撃してないよ」

たまちゃんはとてもけろっとしていた。

「私も葵が遅すぎて一回もダメージ受けてない！」

みみみは楽しそうにたはーっと笑っている。

「俺はやられないようにただ見てたよ」

水沢《みずさわ》は軽く笑いながら日南を見ていた。

「町はずれでレベル上げたのが効いたみたいですね」

「まあ、よく考えたら体験版でレベル上げげって邪道だからな」

とか言いながらも俺は、この結果に満足していた。日南《ひなみ》がやられるところなんてそう見れるものではない。なんかスクショの機能とかないのかな。是非保存したい。

「……俺、強いものにまかれるタイプだから今日からお前らの味方ってことで」

「こら！　都合よすぎ！」

水沢《みずさわ》の軽口に、たまちゃんがびしっと突っ込みを入れた。

「ぐ……けど、覚えておくことね……。あなたたちは正しいから勝ったのではなく……勝ったから正しいことになった、ただそれだけだということを……！」

「なんかいいこと言ってるけど弱かったから説得力ないな」

「やっぱりRPGって、ストーリーと同じくらいゲームバランスも大事だよな」

日南の今際のセリフに、水沢と俺が茶々を入れる。

「なにこれ……不服すぎる……」

その言葉を最後に、日南はばたりと倒れ込んだ。

「日南さん……さようなら」

菊池《きくち》さんは祈るように、日南を見送った。

それをきっかけに、屋敷全体に明るいBGMが流れはじめる。

「お！　エンディングかな」とみみみだ。

「結構面白かったね！　ちゃんと発売されたらまたみんなでやろーよ！」

母親の件には感情移入できなかった泉《いずみ》だったが、楽しかったというのは本心のようだった。

「だな。データ引き継げるといいんだけど」

水沢も満足げに言う。

「うーん。こういうのって体験版とは独立してたりするからなあ」

俺が言うと、「けど」と菊池さんが笑った。

「……楽しかったです」

すると、たまちゃんも元気よく頷《うなず》いた。

「私も楽しかった！」

二人の言葉に、俺はゲーマーとして嬉《うれ》しくなってしまっていた。

「はは。普段ゲームやらなそうな二人が楽しんでくれたのはよかった」

そして牢屋《ろうや》のなかに入っている母親も元気よく、

「楽しかったよなぁ！」

「母親のグラフィックで竹井《たけい》の声なのは慣れないな」

俺が苦笑していると。

そこに、どこかからエコーの掛かった声が聞こえてきた。

『ねえ、私だけそこにいないのおかしくない？』

「お、なんか天国から声が届いたぞ」

「あはは！　葵《あおい》が珍しく不憫《ふびん》だ！」

あまり見ない状況に、水沢《みずさわ》とみみみが愉快そうに笑った。なにより俺が最も愉快に思っている。

「なんだろ、なんか嬉《うれ》しい」

『友崎《ともざき》くん？　あとで覚悟しといてね』

「すいませんでした許してください」

日南《ひなみ》は調子に乗った俺に灸《きゆう》を据える。あとで課題を増やされないためにもここは謝る一択。

「ふふ、仲いいですね」

と菊池《きくち》さんも笑う。

「ね！　それすごい思う！」

「い、いやそんなことは……」

泉《いずみ》に追及されそうになり焦《あせ》りつつも、俺は言葉を濁《にご》して誤魔化《ごまか》した。

「あ！　エンディング終わるよ！」

みみみが言うと、流れていたBGMがジャジャン！と締まる。

そして、一瞬生まれた沈黙に——

「ザ・エンド!!」

「ジ・エンドな」

相変わらず竹井《たけい》が読み間違えをして、俺はしっかりとそれに突っ込むのだった。最後くらいちゃんと締めてほしいね。

イズ
連載進行中
ガンガンJOKERにて好評連載中!!
『弱キャラ友崎くん
-COMIC-』
漫画:千田衛人 原作・脚本:屋久ユウキ
キャラクター原案:フライ
最新3巻、発売中!!
みみみの抱えるコンプレックスとは……?
生徒会選挙編、開幕!

GAGAGA

ガガガ文庫

弱キャラ友崎くん Lv.8.5

屋久ユウキ

発行　2020年4月22日　初版第1刷発行
　　　2020年7月20日　第2刷発行

発行人　立川義剛

編集人　星野博規

編集　岩浅健太郎

発行所　株式会社小学館
〒101-8001 東京都千代田区一ツ橋2-3-1
[編集] 03-3230-9343　[販売] 03-5281-3556

カバー印刷　株式会社美松堂

印刷・製本　図書印刷株式会社

Printed in Japan　ISBN978-4-09-451840-5